Illustration／CHIHARU NARA

蜘蛛の褥

沙野風結子

Fuyuko Sano

f-LAPIS LABEL

イラストレーション／奈良千春

Contents

※本作品の内容はすべてフィクションです。

プロローグ

夜のなかをゆるやかに走り抜けていく、鈍行電車の振動と音。

それらが、シートに深く腰掛けて瞼《まぶた》を閉ざしている彼の疲れた身体を満たしていた。

アナウンスが次の駅名を教えると、ほどなくして電車が減速する。身体がわずかに傾《かたむ》く。

電車が停まり、開いたドアから夜気が流れ込んでくる。十月の終わり、頰《ほお》や髪をさらさらと撫《な》でる風は乾いていて、やや冷たい。

ドアが閉まって電車が走り出すと、神谷《かみや》は目を開けた。

先頭車両には、日曜の半端な時間というせいもあるのだろう。数人がパラパラと腰掛けているだけだった。神谷の向かいのシートに座る者はなく、窓ガラスに映る自分の姿がダイレクトに見える。

後ろに流しぎみに整えてある黒髪は、外の闇に溶けて輪郭《りんかく》を失っていた。顎《あご》のすっとした白い顔のなか、鼻梁《びりょう》に流れる光の線はまっすぐで、肉質の薄い唇は引き結ばれている。眉はすっきりと左右に伸び、瞳は黒目が勝っているものの、切れ長な一重瞼と神谷自身の気質のせいで愛想《あいそ》や媚《こび》は欠片《かけら》もない。

『目は心の窓』というのは、職業柄まったくそのとおりだと日々実感しているわけだが、改めて自分に当て嵌《は》めてみると、あまり納得したくないフレーズだった。

黒い石のような目に、なまじ整った顔立ち。上質な仕立てのスーツと合物《あいもの》のダークグレイのコートを纏《まと》い、首元でかっちりネクタイを結んでいるさまはどうにも無機質で、まるで紳士服売り場のマネキンだ。

――まぁ、マネキンにはこんな隈《くま》はないか…。

ここ数ヵ月、休日返上で仕事に明け暮れていたせいで、目の下の薄い皮膚には青みのある鬱血《うっけつ》がほのかに透けていた。

短い溜め息とともに、神谷は視線を横に流した。

二両目と連結しているドアが乱暴に開かれたのだ。

入ってきたのは、ずいぶんと背の高い男だった。神谷もそれなりに身長はあるが、さらに十センチほど高そうだ。肩のがっしりした厚みのある体躯《たいく》を、淡くストライプの織り込まれたスリーピースに包んでいる。エネルギーの漲《みなぎ》る力強い足どりと歩幅で、車両の中央を闊歩《かっぽ》してくる。翻《ひるがえ》る薄手のコートは黒く、その黒さが男の威圧感と、精悍《せいかん》な顔の造りを鮮やかに際立たせていた。

ひと目で堅気《かたぎ》でないとわかったのは、仕事でこの手合いの人間と顔を合わせることが多いからだ。

過剰な恐怖心はないが、絡まれては厄介だ。神谷は長い睫を自然に伏せ、膝《ひざ》のうえに置いたデパートの紙袋を抱えなおした。

男が通りすぎるのを待つ。

けれども、よく磨《みが》かれた靴は、神谷の視界の真ん中で立ち止まった。不躾《ぶしつけ》な視線をそそがれているのを感じる。首筋がわずかに強張《こわば》る。

早く行けという内心の呟《つぶや》きに反して、男は向かいのシートにどかりと腰を下ろした。長い脚を大きく開く座り方がいかにも傲岸《ごうがん》だ。

これはもう、眠るふりでもしておこうかと目を閉じかけると、

「なぁ、あんたさ」

重い低音の声が、タタン…タタン…という電車の音に重なった。

「神谷礼志《れいし》じゃないか？　北王寺《きたおうじ》高校で弓道部の主将やってた」

神谷はひとつ瞬《まばた》きをして、正面の男を見た。

野性味の漂う顎の輪郭に、ふてぶてしげな肉厚の唇。鼻筋は力強く通っている。さっぱりと整えられた硬そうな質感の髪と猛々《たけだけ》しい光が宿る奥二重の目は、揃《そろ》いの鳶色《とびいろ》だ。左目の下には、斜めに長さ三センチほどの傷痕《きずあと》が白く走っている。

その傷痕には、たしかに覚えがある。

「…………」

記憶の奥へと繋《つな》がっている導火線の端《はし》に火が点《とも》った。チリチリと線を焦がして、十二年前──高校二年のころに辿《たど》り着く。

男の顔に、ささくれ立った表情をした少年の顔が二重写しになる。そう。高校の、ひとつ下の後輩だ。一年足らずだが、同じ弓道部に籍を置いていた。

「久隅《くずみ》……」

当時の記憶が芋蔓式《いもづるしき》に、どっと頭のなかにぶちまけられた。

「久隅拓牟《たくむ》、か？」

「やっぱり神谷さんか。ホームからあんたの顔が見えて、もしかしたらと思ったんだ」

嘲笑《ちょうしょう》じみたかたちに、久隅は大きな唇を歪めた。再会を懐かしがるふうではない。

──久隅にとって、あの頃のことは思い出したくないことなんだろうな。

そして、久隅のことを含めて当時の記憶は、神谷にとってもあまり快くないものだった。

高校生活自体は恙無《つつがな》かった。弓道部では主将を務めて大会で好成績を遺《のこ》し、学業も良好で、友人にも恋人にも恵まれていた。

端《はた》から見たら、さぞかし充実しているようだったに違いない。

しかし、神谷自身の記憶のなかの思春期は、鈍色《にびいろ》のイメージだ。

荒涼として、乾いている。

「神谷さん、まだこっちに住んでるのか？」

「いや。住んでるのは四谷《よつや》だ。今日は久しぶりに実家に顔を出そうと思って……妹の誕生日なんだ」

プレゼントの入ったデパートの袋を軽く持ち上げてみせる。

「いまごろ、これを首を長くして待ってるはずだ」

「妹か。あの頃、幼稚園だったな？」

「その妹がもう十六歳だ」

言外に、お互い年を取るわけだと、薄く苦笑を交わす。

「神谷さんとこ、たしか特急の停まる駅だったろう。可愛《かわい》い妹が待ち侘《わ》びてんなら、特急を使えよ」

たしかに、特急に乗れば二十分ほど早く実家に着けるのだが。

「久隅は、こっちのほうに住んでるのか？」

「俺は家も職場も麻布《あざぶ》で、今日は祖母《ばあ》さんとこにヤボ用だ」

神谷の記憶によると、久隅は高校入学時にはすでに両親が亡くなっていて、母方の祖母の許《もと》に身を寄せていた。実質的な保護者は叔父で——その叔父というのが岐柳《きりゅう》組という広域暴力団の幹部だった。それが間接的な原因となって、久隅は高校一年の秋に学校を中退し、神谷の前から姿を消したのだった。

――俺は、久隅の力になれなかった…。

当時の想いが甦《よみがえ》ってきて、ゆるく心臓を締めつける。

久隅がスーツの胸元に手を入れながらシートから腰を上げた。神谷の前に壁のように立ちはだかり、窓ガラスに手をつく。接近されると、久隅の発する剣呑《けんのん》とした凄《すご》みが空気圧として感じられて、一気に息苦しくなった。

名刺を渡される。

「いまは、こういう仕事をしてる」

桜沢《さくらざわ》ファイナンス株式会社　取締役副社長　久隅拓牟

「副社長なのか」

「株売買から高利貸しまでやってる悪徳金融だがな。暴対法対策に叔父貴が設立して、社員は八割がた岐柳組の構成員だ」

「要するに、経済やくざか」

「ああ。で、そっちはなにやってるんだ？」

「……」

神谷は覆《おお》い被さるように顔を寄せている男を見上げたまま、自身のコートの左襟を掴《つか》んで、わずかにずらした。スーツの襟《えり》に嵌められたバッジを晒《さら》す。

旭日《きょくじつ》に白い菊の花と金の葉が組まれた、秋霜烈日《しゅうそうれつじつ》の襟章《えりしょう》。

久隅がわずかに瞠目《どうもく》し、低く唸《うな》る。

「検察官、か」

「だから申し訳ないが、私の名刺は渡せない。これも返しておく」

名刺を差し返そうとするが、久隅は苦い顔のまま受け取らない。

「いらねぇなら、あとでゴミ箱にでも突っ込んどけ」

やくざと検察官で、いたずらに旧交を温めるわけにはいかない。十二年前に道を別ち、自分たちは交わりようのない方向に、それぞれ歩いてきたというわけだ。

至近距離にある久隅の目がクッと涙袋を浮かせた。

睨《にら》むような、それでいてどこか痛ましい、見る者を抉《えぐ》る眼差《まなざ》し。

――こんな目を、あの時もしてたな……。

放課後の教室で。

十六歳の久隅の顔を染めた夕焼けの色が、ふいに鮮明に思い出された。

まだらなオレンジと赤。そこに忍び込む夕闇のくすみ。

自分を射る双眸《そうぼう》。

……電車が、停まる。

降りるべき駅に着いたのに気づき、神谷は久隅を避《よ》けてシートから立ち上がった。

「じゃあな、久隅」

電車を降りる。久隅は追ってきたりはしなかった。

走り去る電車が起こす風に黒髪を掻き乱されながら、神谷は名刺を捨てるために、ホームのゴミ箱へと足早に向かった。

1

「どうかなぁ、似合ってる？」

　リビングの黄色がかった優しい光を浴びて、淡いピンク色のコートを着た少女が、はにかんだように身体をちょっと斜めに傾けて訊《き》いてくる。肩にかかる茶色くて細い髪。そのあいだから覗《のぞ》く耳はぽわっと紅《あか》く染まっている。

　丸みのある輪郭の頬に、奥二重の大きな目、こぢんまりした鼻に、ぽってりした唇。本人は自分の顔にコンプレックスだらけらしく、ふた言目には「お兄ちゃんみたいな美人系に生まれたかったよー」と溜め息をつくのだが、その垢抜《あかぬ》けない顔立ちや雰囲気がかえって長所になっている。

　いまどきの十六歳らしくなく、古き良き昭和の香りがして──れっきとした平成生まれだが、両親の年齢が高いせいもあるのだろう──、周りの人間を和《なご》ませるのだ。それはむしろ神谷に欠落している資質で、神谷家の兄と妹は外見からなにから家族と思えないぐらいに懸《か》け離れていた。

「あら、そのコート、すごく可愛いじゃないの。ねぇ、お父さん」

　食後のコーヒーをトレイに乗せて運んできながら、母親が浮き浮きした声で言う。

「そうだな。花菜《かな》にはパステルカラーがよく似合う」

父親はいかにも人のよさそうな垂れぎみの眦《まなじり》をさらに下げる。

「でも、礼志に女の子の服をちゃんと選べるセンスがあったなんて、母さん、驚いちゃったわ。あ、もしかして、ガールフレンドにでも選んでもらったの？」

「いまは仕事が忙しくて、彼女を作ってる暇はないよ」

花菜のコートは、仕事の相方、検察事務官の木内《きうち》の妻に選んでもらった。

「仕事のほう、相変わらず大変なのか？」尋ねてくる父親に頷《うなず》きを返す。

「司法修習生のほとんどが弁護士と裁判官に流れて、検事は頭数が足りない状態が続いてるんです。お陰で、いつも仕事が山積みですよ」

言ったとたん、母親が口を挟んでくる。

「それじゃあ、デートをする暇もないのね」

二十九歳の息子にそろそろ身を固めてほしくて、彼女はやきもきしているのだ。案の定、

「あのね、ちょっといいお話があるんだけど……」と、キャビネットのうえに置かれた封筒を取りに行こうとする。神谷が見合い話を遠慮する前に、花菜がサッと封筒を取り上げて、キャビネットのなかに放り込んでしまった。

コートを着たまま、妹がソファの横に腰掛けてくる。

「いいの。お兄ちゃんは結婚なんかしなくて」

「なに言ってるの。仕事が忙しいならなおさら、男の人はちゃんと家のことをやってくれる奥さんが必要なのよ」

「なら、花菜がする。花菜が、お兄ちゃんの家のこと、全部やる」

「あのね、花菜。お兄ちゃんは検事で、検事っていうのは二、三年ごとに転勤があるの。次は、北海道から沖縄まで、どこに行くかわからないんですからね」

「いいよ。どこでも一緒に行くもん。だからお兄ちゃん、結婚なんてしなくていいんだからね」

「花ー菜ー」

母親が怖い顔をすれば、妹は神谷の腕に縋《すが》って大袈裟《おおげさ》に怯えたふりをする。そんな母娘の姿に、父親が目を細める。神谷も微笑を浮かべた。

一家団欒《だんらん》。まったく微笑ましい限りだ。そう、他人事のように思う。

いつになく家族の空間を無意味なものに感じるのは、おそらく、ここに来る直前に久隅に会ったせいだ。お陰で、思春期のころに感じていた、家族に対するやり場のない感情までほじくり返されてしまっていた。

「ほら、せっかくの可愛いコートを汚したら困るでしょ。ちゃんとハンガーにかけておきなさい！」

母親の言葉に、不満げに「はーい」と言いながら妹が立ち上がる。

体温が遠ざかったことに神谷はホッとする。妹に限らず、ときどき無性に疎《うと》ましくなるのだ。

自分に近づいてくる、「他人」の存在が。

その晩、実家に泊まった神谷は、高校のころの夢を見た。久隅拓牟の夢だ。

……夕陽の色に染め抜かれた教室。

ブレザー制服姿の神谷と久隅も、茜色のなかにとぷりと沈んでいた。

窓を背にして佇《たたず》む神谷から少し離れた机のうえ、久隅は片膝を立てて座っている。

神谷が臙脂《えんじ》色のネクタイを首元で締めて、ブレザーの前ボタンをきちんと留めているのに反して、久隅のほうはネクタイを緩め、シャツの裾はぜんぶズボンのうえに出ているというだらしなさだ。

久隅が長めに伸ばしている癖髪をうざったそうに掻き上げると、耳に嵌められたリングのピアスがちかりと光った。

神谷が主将を務める弓道部の一年生部員である久隅拓牟は、見た目のとおり、ふてぶてしくていい加減な少年だ。春に入部してから秋まで、部活への出席率は非常に悪かった。

中学でも弓道をやっていたらしいが、弓の作法もまったくなっていない。

道場での足運びなど、道端を歩いているのと同じ調子でズカズカ歩くだけ。ダンと適当に足を開いて、弓を乱暴に構える。矢を番《つが》えて弦を引き――なぜかその瞬間、視線も姿勢も、これ以上ないぐらいにきちんと整う。そうして、溜めもないまま、矢を放つ。

それはもう、呆気ないまでの素早さ。

部員たちが呆れ半分に眺めるなか、しかし、久隅の矢は生き生きと力強く宙を突進し、吸い込まれるように的の真ん中をダンッと射る。

……神谷など、心身を整えるために神経質なまでに作法を守り、ときには哲学書まで紐《ひも》解《と》いて弓に臨《のぞ》んでいるというのに、久隅はそのすべてをすっ飛ばして、完璧に的中してみせるのだ。

正直、嫉妬《しっと》した。腹立たしくて、まぐれ当たりだ、そのうち崩れるはずだと、自分を宥《なだ》めていた。

しかし、いつふらりと来て射ても、久隅は星的の中央の黒を射抜く。

すさんだ華やかな外見から、荒っぽい仕種《しぐさ》、絶対的な弓の能力。

久隅は、とても刺激的だった。

当時、家庭のことで鬱屈《うっくつ》を溜めていた神谷にとって、久隅と、久隅にまつわる感情は、妙になまなましくて鮮やかだった。

その久隅と、夏休みの最中、機会があってふたりきりで弓を交わした。

それをきっかけに、神谷は複雑な思いを抱きながらも、久隅という存在を受け入れるようになっていった。受け入れる、といっても、それはあくまで神谷の内面世界の話で、久隅と特に親しくなるようなことはなかったのだが。

そうして夏を越えて秋になり。

問題が起こった。

弓道大会でいつも優勝を競うライバル校の主将が、暴漢に襲われて左腕を骨折したのだ。夜道での出来事だったが、暴漢は北王寺高校の暗灰色のブレザーに深緑色のズボンを身につけていたそうだ。髪は少し長めで、耳にピアスをしていたという。

当時、校則の厳しい北王寺高校でピアスをしていた人間など、数えるほどだった。

そして、久隅はいつも小さなシルバーのリング型ピアスを嵌めていた。

……久隅の保護者である叔父・桜沢宗平《そうへい》が岐柳組構成員だということから、もともと久隅は色眼鏡で見られていた。

左目の下に走る傷痕がまた、彼の印象を一段と悪いものにしていて、学校では完全に

「キズモノ」扱いだった。その傷も、中学時代に本物のやくざとやり合ったからだとかいう噂がまことしやかに囁《ささや》かれていた。

　そんなふうだったから、北王寺高校の教師たちも弓道部の部員たちも、ろくに調べもしないで久隅を犯人だと決めつけた。それが神谷には許せなかった。とにかく、久隅の言い分も聞いて、きちんと白黒をつけるべきだと考え、こうして放課後に久隅を二年の教室に呼び出したのだった。

「それじゃあ、暴行があったとき、久隅はクラスメートの泉川《いずみかわ》さんと、その……ホテルにいたってことだな？」

「ラブホな。ご休憩で」

「泉川さんに迷惑がかかるから、先生たちにそのことを話さなかったのか？」

　女の子の外聞を慮《おもんぱか》って、というニュアンスが気に障《さわ》ったらしい。久隅は苛立たしげに瞬きをした。

「バッカ。そんなんじゃねーよ」

「それなら、どうして」

「どうせ、かわんねぇだろ」

「え？」

「今回の犯人が俺だろうが俺じゃなかろうが、大してかわんねぇってこと。俺がやくざの身内で、柄悪いのは事実だし」

「だからって濡《ぬ》れ衣《ぎぬ》を着せられていいわけがない」

「いいんだよ。本人がいいっつってんだから」

神谷は真摯《しんし》な表情に顔を引き締めた。

「なぁ、久隅。僕に任せてくれないか？　きちんとした真実をつきとめて、不当な処分を君が受けるのを避けたいんだ」

気持ち悪いものを見るような目を、久隅はした。そして、ふいと視線を逸らす。

「真実とかって、マジうぜぇ。俺がテイガクだかキンシンだかになりゃ、それですむんだろ？　とっとと処分出せって、センコーたちに言っとけよ」

そう言って、がたりと机から立ち上がる。

ドアに向かって歩き出そうとする久隅を、神谷は慌てて追った。久隅の二の腕を掴む。練習などしなくても容易《たやす》く弓の弦を引く腕は、意外なほどしっかりした太さがあった。

「つ、まだなんかあんのかよ」

久隅は至近距離にある神谷の顔に、剣呑とした表情を振り向ける。

「僕が、嫌なんだ。やってもいない罪を人が被るのを、見ないふりはできない」

「……」

苦しそうに、久隅が薄く開いた唇から吐息を漏《も》らす。

見返してくる鳶色の瞳は、張り詰めて、ぬめっていた。

「それって——俺の味方になるってことか？」

味方。その響きに、神谷はひるんだ。

味方とは、大前提として相手を肯定し、信じることだ。そして時には、真実を曲げてでも相手に有利なように、物事を判断する。

——そういう偏《かたよ》ったスタンスが、真実を曇《くも》らせるんだ。

真実が失われることを、神谷は許せない。いや、むしろ怖いと言うべきなのかもしれない。真実を見失い、取り返しのつかないことになるのが恐ろしいのだ。

そうやって真実を見失った末に作り上げられたのが、いまの自分の家庭なのだから。

あの家はもう、神谷が心をほどける場所ではない。朗《ほが》らかな母も、優しい父も、自分になつく幼い妹も、疎ましい。

——だからもう、二度と間違いたくないんだ。

間違わないように、この目で、曇りなく本当だけを見ていたい。

「味方には、なれない」

久隅の瞳が昏《くら》く固まった。

「でも、わかってほしい。僕は真実を見極めたいんだ。それは結果的に、君の側に立つことになるのかもしれな……」

ふいに喉が苦しくなる。

「神谷さんさぁ」

久隅の手が首を掴んでいた。

「真実真実って、そんなお高く止まって、それで人を動かせると思ってんのかよ？」

喉仏を潰される痛みに、神谷はあと退《ずさ》った。しかし久隅の手は容赦《ようしゃ》なく首を鷲《わし》掴みにしてくる。爪が首の薄い皮膚にめり込む。

「……久隅……やめ……っ!!」

ゴッと後頭部に衝撃が走った。窓ガラスにぶつかったのだ。横の開かれた窓から、秋の風がそよりと吹き込んで、すぐ目の前の久隅の前髪を揺らす。その髪のむこうに覗く瞳は、異様なまでにぎらついていた。

「神谷さん、カノジョいるんだったよな？」

どうしていま、そんなことを訊いてくるのかわからないまま、神谷は睫の上下だけで「いる」と答えた。苦しくて、久隅の手首を掴んで、喉から引き剥《は》がそうとする。けれども、久隅の握力は増すばかりで。

喘《あえ》ぐように、狭《せば》められた気道で苦しく息を継ぐ。

「セックス、してんだろ？」

しているが、それには答えなかった。

肺が空っぽになっていく。眩暈《めまい》がする。

……もっと本気で抗《あらが》えば、久隅を退けることはできるだろう。なのに、そうしないのは、どうしてなのか？

朦朧《もうろう》となりながら、神谷はその疑問の答えに行き当たる。

倦《う》んでいるからかもしれない。

この、人が思春期と呼ぶ時期。無駄にエネルギーばかりあって、不器用な心と、不自由な立場に縛られている「いま」を、放り出してしまいたいのかもしれない。家族も、友達も、恋人も、どうでもいい。

文武両道の優等生の顔の裏側で、自分はこんなにもグダグダなのだ。崩れたくて投げ出したくて仕方ないのだ。

自分を縊《くび》り殺そうとする熱い手指が、「いま」を断ち切る救いの手にすら感じられるほどに。

夕陽に照らされた久隅拓牟の、いくぶんの幼さを含んだ荒い色気のある顔が、キスするみたいに寄せられる。

「俺さ、よく想像してるんだぜ？」

唇を、久隅の吐息が撫でる。

「こんな澄ました顔して、あんたがカノジョ相手に、どんなふうに腰使ってんのかってさ」

下腹がどくりと疼《うず》いた。

首を掴んだ手が振られ、ガンッと後頭部を窓ガラスに打ちつけられる。頭のなかが一瞬白く染まり、視界がハレーションを起こしたように色を失う。

久隅の手が離れ、神谷は空気を求めて激しく噎《む》せながら、ずるずると床にしゃがみ込んだ。貧血の症状、目の前をちらちらと銀粉が舞い落ちる。銀粉は次第に量を増していく。

その煌《きら》めきのむこう、久隅が傲慢《ごうまん》に顎を上げて自分を見下ろしている。

黒い嗜虐《しぎゃく》の笑みを浮かべて。

神谷はそのまま床に横倒しになり、意識を失った。

久隅はそれから一週間もしないうちに自主退学した。そして、ふたりの接点は断たれたのだった……。

「花菜ちゃん、喜んでくれたんですか。それはよかった」

木内の笑顔は、背後の窓に広がる晴れやかな秋空に負けないほど爽《さわ》やかだ。

「本当に助かりました。真由《まゆ》さんにもお礼を言っておいてください」

「うちの奴は、神谷検事とショッピングができたって、浮かれてましたよ。いや、あんまり浮かれるから、実は俺が拗《す》ねてしまったんですけどね」

少しふざけたように眼鏡のツルを押し上げる。

「それは申し訳ありませんでした」といかにも口だけで謝ると、

「ま、そういうわけで、朝からちょっとした嫌がらせをさせてもらいます」

木内は神谷のデスクのうえに、事件ごとに紐綴《と》じされた書類の束をどさっと積んだ。

「公訴期限が近づいている分です。最低限、これだけは今日中に目処《めど》をつけましょう」

現在、神谷は二十三件の事件を抱えている。

「検事のエンジンがかかるように、心臓に悪いぐらい濃いコーヒーを淹《い》れますよ」

書類の山の一番うえの綴《つづ》りを手に取りながら、神谷は五歳年上の検察事務官の後ろ姿を眺めた。

　木内と組んで仕事をするようになったのは、去年、神谷が横浜地検から東京地検本部事件課に移動になってからだった。

　検察事務官は、検事にとって秘書であり、手足となって動いてくれる存在だ。事務官といっても、その仕事内容はデスクワークに留まらない。

　検察は、警察から上げられてくる事件を起訴にするか否かを選《え》り分け、また起訴した場合は裁判で有罪に持ち込めるだけの裏づけを揃えるのが仕事だ。その際、再捜査や追加捜査を警察に指示するのだが、検察サイドでも張り込みや家宅捜査という刑事と同等の働きをすることもある。

　そういうさまざまな場面で、陰に日向《ひなた》に立ちまわって検事を補佐してくれるのが、検察事務官だ。

　検察庁に籍を置く検事がおよそ二千人で、検察事務官が八千人以上という数字だけでも、事務官がどれだけ多くの仕事を担《にな》っているかが知れる。

　神谷もこれまで何人もの事務官と組んできたが、木内はもっとも優秀で仕事のしやすい相手だった。法律の知識も深く、検事の仕事をよく承知していて、常に的確に動いてくれる。それでいて、年下の神谷を立てることも忘れない。

四年前に結婚しており、大学時代にやっていたアメフトのマネージャーだったという妻の真由は、ショートカットの似合うさっぱりした気性の女性だ。まだ子供ができないのが悩みらしいが、彼らほど朗らかで健《すこ》やかな夫婦を神谷は知らない。

……木内といると、ときおり眩しいような感覚に襲われる。

彼はどこまでも昼の世界に属する人間だ。木内の世界では、草木が陽光を浴びてすくすくと育つように、いろんな物事が健康に積み重なっていく。

それに比べて、自分の世界は――。

けれど不思議なもので、まったく違う世界に属していながら、朝から晩まで行動をともにしていても、木内を疎ましく感じたことは一度もなかった。それは神谷にとってはとても珍しいことなのだが、おそらく勘のいい木内が神谷の状態を細やかに把握して、その時々で距離の加減をしてくれているからなのだろう。

木内紘太郎《こうたろう》は、最高の仕事のパートナーだ。

久隅拓牟とふたたび会ったのは、電車での再会から半月ほど経ってからのことだった。

十一月中旬のその日、広域暴力団・加納《かのう》組の幹部が襲撃殺害される事件が、新橋《しんばし》のオフィスビルで起こった。神谷は木内とともに現場に赴《おもむ》き、警察の捜査に立ち会った。

時間が許す限り、神谷は現場を見ておくことにしている。警察側の捜査報告というフィルターを通さずに、自分の目で事実を確かめておきたいからだ。神谷はその場で捜査に口を出すことは滅多にしないが、刑事たちは監視されているように感じるらしい。

「若様の御なりか」

本庁組織犯罪対策部のベテラン刑事の佐古田《さこた》は神谷の顔を見るとそう呟いて、日焼けした四角い顔にうんざりした表情を浮かべた。

やくざ相手に渡り合う武闘派の組対部刑事たちは特に、神谷のようなインテリ風の検事は虫が好かないらしい。

しかし別になんと揶揄《やゆ》されようが、疎ましい目で見られようが、神谷は気にならない。自分のすべきことは、捜査が誤った方向に進まないように目を光らせ、真実に沿った捜査資料を作ることだ。

被疑者が起訴になった場合、事件係検事が作成した捜査資料をもとに、公判部検事が被疑者を有罪にすべく裁判を闘うことになる。神谷の資料は精度が高く、裁判を楽に勝ち抜けると公判部検事たちのあいだでは評判がいい。

「若様、ガイシャが狙撃されたのは、この奥の部屋だが、貧血なんか起こさないでくれよ」

佐古田刑事の忠告は、大袈裟なものではなかった。加納組が経営する不動産屋の応接室は、壁や絨毯に血飛沫《しぶき》が散り、噎せ返るようななまぐさい鉄の匂いで満ちていた。被害者は撃たれた衝撃でソファセットのテーブルに倒れ込んだらしい。よく磨かれたガラスの天板には粘度の高そうなどす黒い血海が広がっていた。

「これは酷いな」

木内が横で呻《うめ》くように言う。

「腹と胸に三発撃ち込まれたんです。使われたのがXTP弾だったので、傷は酷いありさまで、ガイシャの朝倉《あさくら》は病院に着く前に死亡しました」

若い鑑識官が立ち上がって、そう説明する。

XTP弾とは接触すると弾頭が膨らむ仕組みになっている、殺傷能力に特化した弾薬だ。ヒットマンは確実に朝倉を殺害するつもりで臨んだのだろう。

「お、なんだ。けっこう平気な顔してるじゃないか。不感症かぁ?」

応接室に入ってきた佐古田刑事が、神谷の顔を眺めて少し下卑《げび》た声音を出す。

「ホシは岐柳組の安浜《やすはま》だ。目撃者がいて、いまさっき安浜の家から凶器が見つかったと連絡があった。前にも鉄砲玉やって、殺人で十三年の懲役《ちょうえき》をくらったヤツだ。ここんところ、加納組と岐柳組の小競り合いが続いてたから、それでまたズキュンとやったんだろ」

床にへばりついている人間の組織らしき破片を眺めながら、佐古田は大きく口角を下げる。

「とっ捕まえたら、こっちでウタわせてベストシナリオ書いてやるから、それで公判を乗りきるんだな」

神谷は冷めた視線を、やくざの幹部張りに柄の悪い刑事に流した。

「裁判でフィクションを押し通すのは、私たちの仕事ではありません」

「はいはい。ったく、潔癖症の若様の岡っ引ごっこに毎度付き合わされて、あんたもご苦労さんなこった」

佐古田が木内の肩を同情するように叩いた。

ひととおりの状況把握を終えて、神谷たちは制服警官が規制をおこなっているビルの正面玄関から外に出た。しつこくたかってくるマスコミの人間たちを掻き分けて、路駐してある車へと急ぐ。

と、ふいに鳩尾《みぞおち》を圧迫感が襲った。息が止まる感覚。次の瞬間、大きな手が鳩尾をふざけるように揉《も》んできた。

「俺が刃物を持ってなくてよかったな」

ザラつく低音が耳に滑り込んでくる。この声は……。

神谷は自分のすぐ横に立つ長身の男を見上げた。

顎のしっかりした、ひとつひとつのパーツの大きな顔立ち。鳶色の虹彩《こうさい》に、左目の下の傷痕。チャコールグレイのスーツのうえに黒のロングコートを纏っている。

久隅拓牟だった。

驚きはしたが、考えてみれば、久隅がここにいてもさして不思議ではない。

今回の加納組幹部殺害事件に、敵対する岐柳組が関わっている線は濃厚で、久隅はその岐柳組の人間なのだから。

「あんたが朝倉殺しの担当検事になんのか？」

「ああ、そうだ」

「うちの安浜が疑われてるらしいな」

ずいぶんと情報が早い。警察に内通者でもいるのかもしれない。

質問に答えずにいると、久隅は神谷の肩に腕を回して歩きだした。気色《けしき》ばむ木内に、神谷は大丈夫だと視線で伝える。

「いくら昔の知り合いでも、君に情報は流せない」

「そりゃそうだろう。けどな、安浜は俺の叔父貴の舎弟だ。俺から情報を吸い取っておい

て損はないぞ」

「……」

やくざとベタついた付き合いをする気はないが、むざむざ情報が入る機会を逃す手はない。

「あの白のセダンが検察の車だ。後部座席に乗ってくれ」

神谷は歩調を速め、男の逞《たくま》しくて長い腕から抜け出しながら小声で告げた。

麻布にある桜沢ファイナンス株式会社の自社ビル。

その副社長室の窓際に据えられた応接セットに、神谷と木内は並んでついていた。シンプルな革張りのソファは、上質な座り心地だ。室内には緑鮮やかな観葉植物がいく鉢も置かれ、大きな嵌め殺しの窓からは角ばった都心の景色を臨むことができる。二十一階からの眺めは大したもので、窓は六本木《ろっぽんぎ》方面を向いているから、夜にはさぞかし華やかな煌めきに満たされることだろう。

「俺は安浜が殺《や》ったとは思わない」

向かいのソファで煙草を噛《か》むようにして、久隅が言う。

「安浜が以前、鉄砲玉になって懲役をくらったのには、きっちりした理由がある。加納組が岐柳組組長にヒットマンを差し向けて、重症を負わせたんだ。で、組長の一番舎弟のうちの叔父貴、桜沢宗平がぶち切れて、返しをすることになった。その時、鉄砲玉に名乗りを上げたのが、叔父貴の舎弟の安浜だったわけだ」

当時三十二歳だった安浜はヒットマンを差し向けた加納組幹部を射殺し、十三年の刑に服した。

「出所して一年になるが、岐柳組組長も叔父貴も鉄砲玉になって刑期を勤め上げた安浜を犒《ねぎら》って、組の要職に取り立てた。身に余る光栄だって、安浜もえらく喜んでた。その安浜が因縁もなしに朝倉を殺りにいくわけがない」

「……しかし、加納組と岐柳組はここのところ諍《いさか》いが絶えないと聞いている。どこでどう因縁が生まれたか、君も把握しきれていないんじゃないか？」

「安浜は個人の判断で軽々しく動くような男じゃない」

「とにかく、彼は重要参考人だ。居場所を知っているなら、すみやかに警察に出頭させてくれ」

久隅が煙草を灰皿の底に擦《す》りつけながら、表情に苦みを含める。

「こっちも身内総出で、安浜を捜してるところだ」

横の木内がやや鋭い口調で問う。

「行方をくらましているのは、後ろ暗いところがあるからじゃないんですか?」

「俺たちは、安浜がホシじゃないと信じてるからこそ、捜してる」

久隅の鼻の頭に、野犬めいた皺がぐっと寄る。

神谷は言い含めるように、落ち着いた声音で告げた。

「担当検事として、私はあらゆる先入観を排除して事件を調べる。警察の調書を鵜呑《うの》みにすることなく、真実を見極めていくつもりだ」

「――――変わらないな、あんたは」

苦笑交じりに呟くと、久隅は内ポケットから名刺を取り出して裏にボールペンで数字を書き殴った。それを神谷の前に滑らせる。

「どうせ、こないだ渡した名刺は捨てちまったんだろ? 裏のはプライベートの携帯番号だから、いつでもかけてこい」

神谷も今日は久隅に名刺を渡した。渡すとき、わずかに指先が触れ合った。乾いた、温かな皮膚の感触。昔と変わらず、この男の体温は高いらしい。

二度とまともに交わることがないと思っていた久隅との線が、かっちりとクロスしようとしている。

「また警察側とぶつかる展開になりそうですね」

霞ケ関《かすみがせき》の東京地検本部への帰り道、車のハンドルを握る木内が言ってきた。

ふと、『潔癖症の若様の岡っ引ごっこに毎度付き合わされて、あんたもご苦労さんなこった』という佐古田刑事の言葉が思い出されて、神谷は木内の横顔を見た。

「厄介な仕事の仕方をして、木内さんにはいつも迷惑をかけてますね…」

「はは。神谷検事は、警察から上がってくる資料を基本的に疑ってかかりますからね。たしかに、手間の多い、厄介な仕事の仕方です」

すっぱりと言われて、申し訳ない気持ちになる。木内がいつも気持ちよく仕事を引き受けてくれるからといって、自分の神経質ともいえるペースに巻き込みすぎてしまっているのかもしれない。

「いつも言ってるように、土日まで私に付き合う必要はないですから」

「なにを柄にもない殊勝なことを言ってるんですか」

奥二重の明るい瞳が、ちらと一瞬、神谷を見返してきた。

「俺は、神谷検事の仕事の仕方、好きですよ」

「……」

「あなたと仕事をするようになって、俺は反省したんです。検察の仕事っていうのは、裁判にかけられるか、かけられないかっていう、人の大きな岐路《きろ》に関わることなんですよね。こっちにとっては山積みの仕事のひとつでしかなくても、被疑者にとっては、人生が百八十度変わるような大事なんだ。決して間違いがないように、ひとつひとつのケースに細かく神経を割《さ》いて取り組むべきなのに――そんな当たり前のことを忘れて、ただ機械的に仕事をこなしてきてたな、って」

丁寧な運転ながら、あたりに注意を配って器用に車線変更して前へ前へと車を進めていく男の横顔を、神谷はじっと見つめてしまっていた。

「神谷検事との仕事なら三百六十五日二十四時間営業でもいっこうに構いませんが――でも」

木内の唇がやわらかい笑みを浮かべる。

「一生の仕事をしていくには、力の抜きどころも覚えないといけませんよ。あなたが過労でいつ倒れてしまうか、俺はここのところ、それぱっかり心配してるんです」

神谷は運転席の男からもぎ離した視線を、左手に広がる官庁街へと飛ばした。

……木内の傍《そば》にいると、彼の大きくて健やかな心を感じると、こんなふうに胸が軋《きし》むようになることがある。

けれども、ここまでだ。

その軋みの源泉がどこにあるのかを、決して辿ってはいけない。

2

加納組幹部殺害事件の被疑者として、広域指定暴力団岐柳組構成員・安浜章造《しょうぞう》が警察から身柄送検されてきた。

岐柳組の人間に促されて警察に出頭した安浜は無罪を主張しているが、アリバイがなく、凶器の銃――XTP弾も一致した――を自宅に所持していたため、被疑者として検察に上げられたのだ。

検事室で安浜と初めて顔を合わせたとき、神谷は久隅がこの男の無実を信じている理由が少しわかった気がした。

安浜は小柄で、白髪交じりの髪を八分刈りにした朴訥《ぼくとつ》とした印象の男だった。無用なスタンドプレイをして悦に入るような詰まらないやくざ者には見えない。この男はそれなりの信念がなければ動かないように感じる。しかもその信念は個人的なものではなく、組織の大儀と連動しているに違いない。

しかし、この手の心証はあくまで物差しのひとつにすぎない。いくつもの物差しを用いて、客観的に真実の在り処《か》を探っていかなければならないのだ。

L字型に配置された、事務官デスクと検事デスク。安浜は奥の検事デスクを正面にするかたちで椅子に腰掛けていた。神谷が弁解録取をおこない、木内がそれを書類にしていく。弁明によれば、被害者である朝倉が殺害された十一月十六日午前八時、安浜は自宅アパートにて就寝中だった。前日の深夜、飲食店で知り合った女性を連れて帰宅したところから記憶がなく、起きたときには枕元に本件凶器の銃が置かれていたのだという。殺害の記憶はまったくない。

安浜は無実を主張したが、アリバイ証言をできる可能性のある呑み屋で出会った女は、どこの誰とも知れない。

拳銃という物的証拠はある。状況は、安浜に不利だった。

その日、事件当夜に安浜が一緒にいたという女の割り出し捜査を木内に任せて——警察側は目撃証言と物的証拠が揃っている以上、いるかいないかわからない女を本腰を入れて捜すつもりはないようだったから、検察が捜査権を行使するほかなかった——、神谷は十時すぎに地検を出て、久隅と待ち合わせている赤坂《あかさか》へとタクシーで向かった。

久隅からは二日に一度、かならず電話が入る。そのたびに、警察がまだ押さえていない朝倉殺しの情報を流してくれていた。

神谷が捜査状況をいっさい語らないことに、久隅は文句をつけたりはしなかった。一方的に情報を貢いでもらっている状況にいくぶんの心苦しさもあったため、今晩の酒に応じることにしたのだ。

指定された地下のバー『arcobaleno《アルコバレーノ》 nero《ネロ》』へと階段を下りていく。久隅の行きつけだというその店は、カウンター席を中心にしたこぢんまりした店舗だった。

間接照明は最低限にしつらえられ、ゆるやかな弧を描くカウンターはあたかも黒い虹の端を切り取ったかのようだ。おそらく、このカウンターは店名をモチーフにしているのだろう。イタリア語で、『arcobaleno』は虹、『nero』は黒を意味する。

品のよさと遊び心がほどよく混ざり合っていて、悪くない店だ。

久隅の姿はまだない。神谷はカウンターの一番奥のスツールに腰を下ろした。

姿勢の綺麗な初老のバーテンに、ブラックダイキリを頼む。暗いオレンジ色のカクテルで唇を濡らす。

そうして久隅を待ちながら、神谷は無意識のうちに自分の首を指先で撫でていた。かつてそこに刻み込まれた少年の熱い掌《てのひら》を、茜色の教室を思い出しながら……。

「遅くなって悪い」

耳に重く響く声に、神谷はハッと現実に引き戻された。

隣のスツールに男が腰掛ける。色気のある刺激的な香りが、すうっと神谷を包んだ。

久隅はボトルキープしているストラヴェッキオ――イタリアのウイスキーだ――をストレートで喉に流し込んだ。

「桜の木の樽で五十年熟成させたやつだ。神谷さんも飲むか？」

「いや、遠慮しておく」

いくら十二年も前のこととはいえ、自分の首を絞めた相手と並んで酒を飲んでいるのだから、妙なものだ。

――まぁ、お互い、思春期まっただなかだったからな。

不安定な年頃のふたりの破壊衝動と自滅衝動が、たまたま噛み合っただけのことだ。実際、神谷があんなふうに自我を投げ出したくなったのは、あとにも先にも、あの一回きりだった。刹那《せつな》的な異常感情だったということだろう。

二杯目のストラヴェッキオに口をつけながら、久隅が訊いてくる。

「安浜は気落ちしてないか？」

そのぐらいなら答えても問題はない。

「ああ、大丈夫だ。すっきりと腰の据わった人だな」

「あの人は、いまどき珍しい芯の通った極道だ。警察はホシだと決めつけてるらしいが、無茶な取調べされてねぇかな」

「警察の取調べに行き過ぎがないかをチェックするのも、私たち検察官の仕事だ。目を光らせておくよ」

「そうか。潔癖症なあんたなら、きっちり見張っててくれそうだな」

久隅はにやりと笑うと、煙草に火を入れた。

「岐柳組《うち》としては、今回の朝倉殺しは加納組の仕組んだ罠だと睨んでる」

「朝倉は加納組の人間だろう。どういうことだ？」

「去年から加納組は武闘派と、いわゆる経済やくざのインテリ派とで内輪揉めをしてるんだが、朝倉はそのインテリ派の幹部だった。武闘派が朝倉を殺って、敵対する岐柳組に罪をなすりつけたんじゃないかって話だ」

「しかし、岐柳組の人間が犯人だということになったら、岐柳組と加納組とのあいだに抗争が起こるんじゃないか？　加納組が一枚岩でないいま、不都合だろう」

紫煙が目に沁みたように久隅は目を眇《すが》めた。

「一枚岩じゃないのは、こっちも一緒だ」

「どういうことだ？」

「夏に、次の岐柳組組長、四代目の跡目をめぐってひと悶着《もんちゃく》あったんだ。一応の決着はついたが、いまだに組全体としては纏まりきらない。加納組の武闘派にしてみたら、岐柳を叩ける好機を逃したくないんだろう」

足並みの揃わない関東の二大暴力団が全面抗争など始めたら、収拾のつかない事態になるのは火を見るより明らかだ。

「うちの叔父貴が岐柳組四代目の後見につくことになってる以上、俺も本腰でいかないとな」

久隅が逞しい肩を竦《すく》める。

「君が……その職業に就《つ》いたのは、叔父さんの勧めか？」

その職業、などという遠回しな言い方をしたのがおかしかったのか、男の唇の端がわずかにめくれた。至近距離で見るには強烈すぎる獣性を宿した視線が、神谷へと流される。

「いや。叔父貴はむしろ俺が極道になるのに反対してた。やくざの自分といつでも縁を切れるようにって、俺を『桜沢』の姓に入れなかったぐらいだ。高校中退してからも、堅気でやってくには学があったほうがいいって、大検受けさせられてな。しっかり大学を卒業しちまった」

「君がおとなしく叔父さんの言いなりになったなんて意外だな」

「叔父貴は、岐柳組の当代に身も心もすべて預けるって、家庭も作らずに極道一本で潔く生きてきた人だ。あの侠気《おとこぎ》には、さすがにヤられる」

耳を傾けながら、しかし、近すぎる久隅の顔や声や体温に、神谷は加速度的に落ち着かない気持ちにさせられていた。

どうしても、思い出してしまう。

首の皮膚に喰い込む爪。閉まる気道。唇に感じた吐息。凶悪な瞳。窒息しながら感じた、腰の疼き。ちらちらと降る銀粉。嗜虐に彩られた少年の顔。

一方的に与えられた暴力の記憶が、奇妙な甘みと切迫感をともなって押し寄せてくる。

……傷口を抉るように、その破滅の感覚に浸ってみたいような気がするのは、少し酒に酔っているせいだろうか？

神谷は久隅から視線を外した。

カウンターの黒い天板へと目を伏せ、危うい感覚を過去へと封じ込めていく。

そして、いくぶん揶揄するような口調で言った。

「自分は濡れ衣を着せられても構わないって高校を辞めていったのに、安浜さんのことはずいぶんと頑張るんだな」

久隅はそれには答えずに、酒を呷《あお》った。

そしてぽつりと言う。

「あんたが担当検事でよかった」

横を見ると、久隅と視線がぶつかる。昔はなかった、他者を慮る懐《ふところ》の深さを感じさせる光が、鋭い瞳の奥に垣間見えた。

それからほどなくして、スーツを着た二十代半ばの青年が久隅を迎えに来た。その青年は堀田《ほった》といい、久隅の秘書兼ドライバーをしているという。

もう十二時近くになっていたが、これから組関係のことで用があるらしく、久隅は堀田とともに『arcobaleno nero』をあとにした。

神谷はもう少し飲んでいくからと、カウンター席から久隅のがっしりした後ろ姿を見送った。見送りながら、わずかに口元に微笑を浮かべる。

久隅はもう、十二年前の無軌道な少年ではない。

自身のエネルギーのコントロールの仕方を承知した、大人の男になったのだ。

……だから自分も、過去の数分の凶事などに囚われず、久隅に対して大人の男らしく接しよう。そして、安浜の件を間違いのない方向へと見極めていくのだ。

心に新鮮なエネルギーが生まれるのを感じる。神谷はグラスをゆっくり空にすると、地下の店を出て帰路についた。

＊　＊　＊

「キリッとした格好いい人ですねぇ。あの黒目勝ちな一重の目がまた、涼しげで色っぽくて。ゾクゾクきました」

斜め前の運転席、ハンドルを握った堀田がバックミラー越しに興奮ぎみな視線を投げてくる。

「あの人が、安浜さんの担当検事なんですね？」

「あの綺麗なツラで法曹界のお堅い仕事をやってると思うと、なおさらそそられるだろ？」

「そうっすねぇ。あんな人に見つめられて問い詰められたら、俺、あることないことウタっちまいそうです」

「ずいぶんな気に入りようだな。おまえ、男もイケる口か？」

「まさか。……あ、でも俺が女だったら一発で落ちてますね」

――神谷様がおモテになるのは、相変わらずか。

苦笑して、久隅はウインドウの外を流れる夜の街へと見るともなく視線を投げる。

高校時代、神谷はあのストイックな色気で、女子たちから「神谷様」と敬称付きで呼ばれていた。

弓道場に張られた緑色のフェンスには、いつも神谷目当ての女たちが押し合いへし合いしていたものだ。その癖、本人ときたら、ファンの姿など目にも入らないといった様子、弓に集中することしか頭にない。思春期の男にはあるまじき姿勢だ。

それにしても、神谷の弓は一挙手一投足、端正だった。

首筋をすっと伸ばして顎を引き、下方に切れ長な目をひたと向ける。道場の床を擦るように歩けば、ピンと張り詰めた澄んだ空気が生まれる。足を開き、弓を起こす。ひとつひとつの動作が完璧に制御されていて、整っていて、見る者の背筋まで伸ばさせるのだ。

うっかり見惚《みと》れてしまって悔しくなったことが、何度もあった。

単に的中率だけでいえば、久隅のほうが上だったかもしれない。

けれども弓は、動作のすべてをもってひとつの技なのだ。

平たくいえば、神谷には哲学があり、久隅には力技しかなかった。

久隅は神谷を反目していたが、神谷のほうはといえばいつも淡々とした空気を纏い、久隅のことなど特に気にしていない様子だ。それが一段と、久隅を苛立たせた。

苛立ちながらも、月に数度は部活に顔を出した。神谷の弓を見て感嘆と嫉妬を覚え、せめて的中を決めて見返してやろうと躍起《やっき》になった。叔父に弓道の上級者を紹介してもらって、特訓を受けまでした。そうして、たまに顔を出す部活では、わざと乱暴な所作で弓を射て、いつも完璧に的を決めてやった。

そうして得意になって神谷のほうをちらりと見るのだが、彼の白皙《はくせき》に特別な表情は見えない。なにか砂を掴もうとしているかのような、奇妙な苛立ちが募るばかりだった。

そんなふうにひそかな一人相撲を繰りかえして迎えた夏休み、ある日の午後、本当にたまたま神谷とふたりきりで弓を射る機会があった。

資質が違う相手の魅力を、まざまざと見せつけられて、なにかもう認めざるを得なくなってしまった。だからといって、反目が消えたわけでもなかったが。

思春期の膨大なエネルギーでもって、久隅は神谷を、認め、憎んだ。

そんなふうに滾《たぎ》る感情を持て余しながら二学期を迎え、久隅は忌々しい出来事に見舞われた。

他校の弓道部の主将に暴行を加えたという濡れ衣を着せられたのだ。

その時、事実を確かめようとしてくれたのは、神谷だけだった。

……あの、夕陽の橙《だいだい》色と茜色にまだらに燃えたつ教室で。

十七歳の神谷礼志は、窓を背にして佇んでいた。

彼の背後に広がる夕焼け空を、桜色に染まった雲がゆるゆると流れていく。窓から吹き込む風が、神谷の黒髪をさらさらとときおり揺らす。鮮明な意思を示す黒い瞳が、自分をまっすぐ見つめている。

その表情やかもし出す空気は清冽《せいれつ》で真摯で、弓を射るときに通じるものがあった。

やくざの身内である自分を頭から疑ったりはせず、真実を探ろうと努めてくれていることに、態度には出さなかったけれども、感謝の念を覚えた。

綺麗で聡《さと》く、弓の道に真剣で、こんなふうに公正で、神谷のような人間はめったにいないだろう。

けれども久隅は、自分のなかで蠢《うごめ》くもうひとつの感情を凝視する。

「なぁ、久隅。僕に任せてくれないか？　きちんとした真実をつきとめて、不当な処分を君が受けるのを避けたいんだ」

庇《かば》うかのような言葉を口にしながら、黒い瞳は、あくまで厳然とした中立の光を宿している。

遠い。高みにある瞳だ。

——……たい。

自分のなかで脈打つ。

感謝の念を凌駕《りょうが》するほどの、残忍な感情。

——あいつを、引き摺《ず》り下ろしてやりたい。

自分のところへ。

引き摺り下ろして、這《は》い蹲《つくば》らせて、そして、そして……。

それはいまだかつて覚えたことのない、ドロドロと滾る衝動だった。

久隅は自身の心なのに、得体の知れない恐ろしさを感じた。だから、神谷になにか危害を加えてしまわないうちに教室を出ようとした。それなのに、神谷は二の腕を掴んできて、自分を引き止めた。

間近にある涼やかに整いすぎている顔に、息が詰まったみたいになる。心臓がどくりと脈打ち、こめかみを疼痛《とうつう》が襲う。身体の内側から残忍な熱が噴き上げてくる。残忍で、ひどく甘ったるい。それを制御《コントロール》するのは、久隅自身の力では不可能だった。

——この手で。

久隅は、自身の掌を見る。

対向車線を走る車が撒《ま》き散らすヘッドライトの光が、掌を流れていく。

——この手で、あの首を絞めた。

十二年の時を越えて、ありありと感触が甦る。剥がれた皮膚が爪のあいだに入り込み、白い肌に血が滲《にじ》む。瞳を濡れ濡れとさせて苦しく喘ぐ神谷の顔に、鳥肌のたつような歓喜を覚えた。

あのまま神谷に手が届く場所にいたら、また首を絞めたくなるだろうという確信があった。今度こそ、途中でやめられなくなるかもしれない。

なにかというとやくざの身内だと色眼鏡で見られるのにはうんざりしていたし、高校生活に未練はなかった。だから取り返しのつかないことになる前に、北王寺高校をみずから去った。

しかし、神谷から遠ざかっても、夕刻の教室で生まれた甘美な破壊衝動は悪い熱病のように体内に居座り、久隅を苦しめつづけた。それをなんとか排出したくて、誰彼構わず喧《けん》嘩《か》を売ったり、男女問わずにセックスをしまくったりした。

そうやって遥か昔に手を焼きながらも眠らせた獣の欲求が、いままた自分のなかで息づいている。

神谷の芯のある声を聞くたび、冴《さ》え冴えとした風貌を目にするたび、あたかも鞴《ふいご》で火に風を送るように、欲は昂《たか》まっていく。

あの厳然とした瞳を崩して、濡らしてやりたい。

残忍な空想に、久隅の肉感的な唇は甘く歪んだ……。

＊　＊　＊

「ルリちゃんに、よく似てるけど…」

新宿《しんじゅく》の雑居ビルに入っている小さなクラブ。四十代頭といったところの、ほっそりした身体に落ち着いた水色の小紋を纏ったママは、似顔絵の紙を艶《つや》っぽい手つきで持って、そう呟いた。

神谷と木内はそっと顔を見合わせて、頷き合う。

ようやく、安浜が事件前夜に呑み屋で知り合い、ひと晩をともにしたという女の身元を割り出せそうだ。この似顔絵は、木内が呑み屋の店員たちから証言をもらって作成したものだった。

「ルリさんの本名と住所をいただけますか？」

神谷を見上げながら、ママは細い眉を悩ましげなかたちにする。このママ目当てで通う客も多そうだ。

「本名は、サイトウルリカ——瑠璃《るり》色の瑠璃に、香りって書くの。住所はちょっと待ってくださいね」

ママは店の奥から住所録を持って戻ってきた。

木内がそこから斉藤瑠璃香《さいとうるりか》の住所と電話番号を書き写す。

「でも、半月ほど前にうちを急に辞めてしまって、先週、店のロッカーにまだあの子の荷物があったから電話してみたんですけど、出なくって」

　半月前といえば、ちょうど朝倉殺害のあったころだ。

「ルリさんについてご存知のことを、どんなに細かいことでも構いませんから、教えてください」

「私も大して知っていることはないんですけどね。うちの店に勤めてたのは四ヵ月ほどでしたし。いまどきの華やかな娘じゃなくて、どちらかというと年の離れた男の方に可愛がられるタイプで……でも、悪い男がついてるみたいでしたけどもね」

「悪い男？」

　尋ねると、ママは左手の人差し指でちょいと自分の頬に線を引いた。やくざの意味だ。

「相手はどこの組の人ですか？」

「たしか加納組の。名前までは知りませんけどね」

　横でメモを取っていた木内が、息を呑む。ルリが加納組と繋がっていたとなると、久隅の読みどおり、朝倉殺害は加納組の内部抗争による可能性が出てくる。岐柳組の構成員を容疑者に仕立てるために、ルリが呑み屋で安浜に接触した線は濃くなってきた。

　店をあとにして雑居ビルの細い階段を下りながら、神谷は木内に感謝を籠《こ》めて言った。

「木内さんが奔走《ほんそう》してくれたお陰で、光が見えてきました。加納組の内部抗争と斉藤瑠璃香のことを併せて伝えれば、警察側も被疑者の見直しと再捜査をせざるを得ないでしょう」

「……そうですね。よかったです」

しかし、木内の声は濁《にご》り、くぐもっていた。

足を止めて、神谷は振り返った。狭い踊り場はふたりでいっぱいになる。すぐ近くに木内の顔があり、不覚にも鼓動が乱れる。神谷はそっと呼吸を整えて、尋ねた。

「顔色が悪いようですが、体調でも崩しましたか？　ずっと仕事が詰まってましたから」

「いえ、そうじゃないんです………むしろ、仕事があって、ありがたかったぐらいなんです」

眼鏡のむこう、木内の奥二重の目が無理に笑みを作る。笑い皺が、今日はなぜか痛々しい傷のように見えた。こんな力ない様子の木内を見たのは初めてだった。

「仕事が上がってから、少し呑みませんか？」と誘ってみると、木内は目を細めて頷いた。

いつも木内がさりげなくしてくれるように、たまには自分が木内の気持ちを楽にすることができれば、と思った。

はじめは小料理屋の座敷で日本酒を傾けながら食事をしていたのだが、木内は料理にはあまり箸《はし》をつけず、酒ばかり口にした。そのうち酔いが回ってきた彼は、神谷のマンションで飲みたいと言いだした。

「構わないですが、いまからうちに来るなら真由さんに電話を入れないと」と促すと、木内はとたんに項垂《うなだ》れて黙り込む。どうやら、悩みだか心配事だかは、夫婦間のことらしい。

神谷は、木内とともに電車で自宅のある四谷に向かった。あいにく座れず、吊り革に掴まった木内は電車の振動のたびに神谷に身体をぶつけてきた。そして無意識らしく、次第に体重を預けてくる。

ブルガリのプールオムの爽やかな香りが、アルコールの匂いに混ざり込んで、神谷の鼻《び》腔《こう》を擽《くすぐ》る。できるだけ木内から意識を逸らそうと努めた。

駅からマンションまでの道にある酒屋で、木内は日本酒の一升瓶とワイン三本を買った。いったい、どれだけ飲むつもりなのか。

――そんなに酒に逃げたいほど、真由さんといったいなにがあったんだ?

明日は土曜日だし、斉藤瑠璃香と加納組の件を佐古田刑事に伝えたところ緊急に再捜査する態度を見せてくれたから、今日ぐらいは木内に二日酔いになるほど飲んでもらってもいいだろう。

神谷の家のリビング、ふたりともジャケットを脱いでネクタイを外し、ワイシャツの襟元をくつろげて、酒を飲んだ。

神谷はセーブしながらグラスを傾けていたが、木内はまるでおのれのアルコール許容量をわかっていない大学生のように、がぶがぶと飲んだ。つけっ放しのテレビのニュースに呂律《ろれつ》の回らない舌でああだこうだとコメントする。こんなくつろぎすぎたガキっぽい木内を見るのは初めてで、自棄《やけ》酒をしている木内には申し訳ないが、少しだけ嬉しいような気持ちになってしまった。

途中で顔を洗いたいと言うから洗面所に案内したのだが、すでに木内の足元は覚束《おぼつか》ない状態で、神谷の肩に腕を回してきた。そして、顔をまじまじと覗き込んでくる。

「本当に、よくできた顔だなぁ」

指で頬を撫でられて、神谷は驚いて身を引いた。背中が洗面所の壁にぶつかる。まるで口説《くど》きたい女にそうするように、木内は神谷の両脇に掌をついて覆い被さってきた。眼鏡越しに潤んだ瞳で見つめてくる。

「これ系の顔で女だったら、俺、絶対に落ちちゃってただろうなぁ」

「……………くだらないことを言ってないで、どいてください」

どうしようかなぁ、と悪戯《いたずら》っぽい笑顔を木内は浮かべる。そして、そのまま洗面台へとふらりと視線を移した。

「あれ？」

木内がどいてくれて安堵したのも束の間、洗面台のうえに置いてあった封も切られていないフレグランスの箱が手に取られるのを目にして、神谷の顔から血の気が引いた。

「これ、プールオム。俺のと同じだ」

……この間、愛用のフレグランスを買いにいったとき、プールオムを見かけて、つい買ってしまったのだ。家に帰ってから、馬鹿な買い物をしたと、情けないような気持ちで苦笑した。

神谷は木内の手から箱を乱暴に奪った。

「人から貰ったんですが、趣味じゃなくて」

そう言ってゴミ箱に放り込み、洗面所を先に出た。

酔っ払いはフレグランスのことなどすぐに忘れてしまったようで、顔を洗って戻ってくると、一升瓶から日本酒を直飲みした。そしてしばらくすると、酒瓶を抱えたままウトウトしだす。

「木内さん、ほら、ベッドに行きましょう」

自分はソファで眠ることにしようと、神谷は木内をなんとか立たせて、ベッドルームへと半ば負ぶうようにして運んだ。横にならせるとき、木内が首に巻きつけた腕をほどいてくれなかったから、神谷までベッドに倒れ込んでしまう。

起き上がろうとすると、木内が急にシャツの襟を掴んできた。

ドアから漏れるリビングの明かりだけが弱い光源となっている。その薄暗がりのなか、吐息がぶつかり合う距離に、互いの顔がある。

緊張のあまり、神谷の肌は冷たく強張る。慌てて起き上がろうとするのに、木内が襟から手を離してくれない。胸が痛くなってくる。

「俺……」

ずれた眼鏡のむこうの瞳が、涙を刷く。

「離婚するかも、しれない」

「……え？」

「昨日、あいつの誕生日だったんだ。三十二歳になったし、どうしても子供を生みたいって、電話口で泣かれた」

話がよく見えない。

「三十二歳なら、まだこれからでしょう。最近は初産《ういざん》の平均年齢も上がっているんですか

ら」

木内は目を閉じた。太い眉をぐっと寄せる。

「――――俺とじゃ、ダメなんだ」

「……」

「一ヵ月前に病院で診てもらったら、俺のほうに問題があって」

無精子症だと診断されたのだと、木内は消えそうな声で呟いた。

「俺のことは愛してるけど、どうしても子供が欲しいって……精子だけ他から貰《もら》って体外受精っていうのも考えたけど、あいつも俺も変に頭の固いところがあるから、きっとつらくなるだろうって」

話し合いののち、真由は落ち着いて考えたいからと、実家に帰ってしまったという。

……自分はいったい、なにを見ていたのだろう？

こんなに木内のすぐ傍にいたのに、一ヵ月ものあいだ、彼が苦しんでいることに気づかなかった。気づかずに、彼に気を遣わせてばかりいたのだ。

――この目は、昔となにも変わらない、フシアナってことか。

十八年前にも、自分は大事な人の真実を見抜けなかった。

もう二度と同じ過ちを繰り返すまいと誓ったのに、自分はこうして、繰り返す。

「俺は………役立たずなんだ………」

閉じた男の目に涙が滲む。木内が苦しんでいる。苦しんでいるのに。

至らない自分への腹立たしさと同時に、もうひとつの感情が生じていた。

木内の苦悩を思って胸がギシギシと軋んでいるのは本当だ。

けれども裏腹に、心の奥底から気泡のようにぽこりと湧き起こるものがある。気泡が弾けて、ぬくもりが拡がる。これは………悦《よろこ》びだ。

あろうことか、木内と真由のあいだに走った深い亀裂を、悦んでいる自分がいる。

醜悪《しゅうあく》な感情だった。

告白ですべての力を使い果たしてしまったかのように、木内が寝息をたてはじめる。もう、神谷の襟を握っていた手もシーツのうえに落ちていた。それなのに、神谷は起き上がることができない。

まるで磁石に引きつけられる鉄屑《くず》のように、木内へと強力に引かれている。

――駄目だ……。

『俺は、神谷検事の仕事の仕方、好きですよ』

そんなことを言ってくれた事務官は、木内だけだった。

これまで組んだ他の事務官たちは、冤罪《えんざい》を避けようと細かい捜査をする神谷に、もっと警察の仕事を信じて無駄を省いてください、と渋い顔をするばかりだった。自分の仕事の仕方が非効率的だとわかっていたから、そういう反応を仕方のないことだと思った。だから、事務官をともなわずにひとりで捜査に臨むことも多かった。

とはいえ、心身の負担は大きく、前の配属先だった横浜地検では外国人絡みの事件が次から次へと舞い込んだこともあり、本気で過労死するかもしれないと危惧《きぐ》したほどだった。

……そんなふうにボロ布みたいになって、東京地検本部に移り。

はじめは、木内の爽やかな笑顔や、些細な捜査にも気持ちよく力になってくれる姿勢を、なかなか素直に受け入れることができなかった。

けれども気がついたら、身も心も、以前に比べればぐっと楽になっていた。

無理はしているから疲労は嵩《かさ》んでいる。でもそれは、以前のように自分のなかが空っぽになってしまうような虚《むな》しい疲弊《ひへい》ではない。きちんと仕事を積み上げ、それを共有してくれる人がいる充足感がある。他人と深い関係を築くのが苦手な神谷にとって、木内との関係は奇跡に近かった。

――だから、駄目だ。

いま、木内に触れてはいけない。

そんなことをしたら、自分のなかでずっと目を逸らしつづけてきた感情を、認めることになってしまう。この甘苦しい想いに、かたちが与えられてしまう。

そして、木内を失ってしまう。

「……くっ」

神谷はきつく眉根を寄せて強烈な誘惑を抑え込み、木内から身体をもぎ離すようにして起き上がった。足早にベッドルームを出て、コートを掴む。そして、マンションを飛び出した。

真夜中の道路でタクシーを捕まえる。どこに行けばいいのか、まったく頭が働かない。こんな乱れた状態で行きつけの店には顔を出せない。薄暗くて、逃げ込める場所は……。

――arcobaleno nero……黒い、虹。

神谷はドライバーに麻布に向かってほしいと告げた。

＊　＊　＊

午前三時半、堀田の運転で自宅に向かっていた久隅の携帯電話が鳴った。『arcobaleno nero』のマスターからだった。

数言交わして電話を切り、運転席へと命じる。

『arcobaleno nero』に寄れ」

「まだ飲み足りないんですか？」

叔父の桜沢宗平と日本酒を水のように飲んだあとだったから、さすがに堀田は一言言いたい様子だ。

「飲みじゃない。拾いモノをしてくるだけだ」

「拾いモノ、ですか？」

「ああ。他のヤツに拾われたらまずいブツだ」

苦笑する。

ベンツを路肩で待たせて、久隅は地下への階段を足早に下りていった。黒い扉を押し開けて店内へ入り、ゆるやかな弧を描く黒いカウンター席の一番奥で、スツールから落ちそうになっているワイシャツとスラックス姿の男へとまっすぐ歩いていく。

二の腕をぐいと掴んで、久隅は男の顔を覗き込んだ。

「神谷さん、俺の島でくつろぎすぎだぞ」

「んー」

一重瞼がうつろに開けられる。ゆるゆると瞬きしてから、ぬるりと潤んだ真っ黒い瞳が、見上げてくる。

酔うと赤くならずに蒼褪《あおざ》める体質らしい。青白い肌、目の縁と唇だけが粘膜めいた赤を滲ませている。いつも後ろに流して整えられている髪は、額に乱れ落ちていた。

——まいるな、これは。

舌打ちしたいぐらい、色っぽい。

神谷の腕を自分の肩に回させて、腰を抱いて立ち上がらせる。ボーイが持ってきたコートを受け取り、マスターに自分にツケておくように言って、店を出た。

「あれ、検事さんじゃないですか」

後部座席に放り込まれた神谷を見て、堀田が目を丸くする。

「これだけの上玉が潰れてたら、男でも女でも持ち帰りかねないからな」

「……それで自分がお持ち帰りをするんですか？」

「うるさい。とっとと車を出せ」

ぞんざいに言ってシートに背を凭《もた》せかけて、神谷の腰を抱き寄せてみると、まるで背骨がなくなっているかのようにくったりと身を委ねてきた。

いつも背筋を伸ばして冷然としている男のなまなましい重さと熱に、どうしようもなくそそられる。久隅は神谷の顎の下に手を差し込んで仰向《あおむ》かせた。

肉薄の唇が誘うように、うっすらと開かれている。

堀田がバックミラー越しに見ているのも構わず、久隅は神谷へと顔を伏せた。唇に吐息が触れる――と、神谷のなめらかな眉間にぐっと皺が寄った。

「……うっ」

奪おうとした唇を神谷は掌で塞いで、身を捩《よじ》った。

「……吐く……」

「――堀田、車停めろっ」

「え？　あ、はいっ」

「神谷さん、もう三秒我慢しろよ」

路肩に急停止された車のドアから、久隅は神谷を引き摺り出した。間一髪だった。ガードレールの根元へと屈み込んだ神谷がもどしはじめる。

久隅は苦笑いしながら、泥酔男の背中を大きな掌でさすってやった。

喉の奥の、熱くてやわらかな粘膜。そこを人差し指と中指の先で、ぐっと押す。

「……ううっ」

強要される嘔吐《おうと》に、神谷はせつなげに眉を寄せて、朦朧とした目で涙ぐむ。もう胃液しか吐くものはないようだった。

トイレを流すと、久隅は神谷の腰を抱いて、洗面所へと連れて行った。

口をよく漱《すす》がせてから、横幅の長い黒大理石の洗面台に座らせ、その身体から吐瀉《としゃ》物で汚れたワイシャツを剥ぎ取る。露わになった上半身は締まっているものの、少し細さが気になった。栄養と休息を充分に取れていないのだろう。検察の仕事は、かなり過酷なのかもしれない。

スラックスも汚していたから、ベルトを外し、ジッパーを下ろす……開いた場所から、グレイのボクサータイプの下着が覗く。その前の部分は性器の存在にいびつになっている。妙な卑猥《ひわい》さを覚えながら、スラックスと靴下を脱がせた。

タオルを湯で濡らし、顔へと滑らせる。体毛は薄いし、髭《ひげ》も薄い体質のようだ。なめらかな肌を拭っていく。

頬を顎を喉を——そのまま下へとタオルを流す。

アルコールのせいか、胸の突起は小さく凝《しこ》って、淡く色づいている。タオルのやわらかな繊維でそっと撫でてやると、

「……ふ」

目を閉じて意識も半ば飛ばしたまま、神谷はヒクッと身体を引き攣《つ》らせた。

緩んだ唇は吸ってやりたいぐらい色めいている。もっと反応を引き出してやりたくて、タオルの布越し、乳首を指先でクイと持ち上げてから、小刻みに爪弾《つまび》く。

「ん、んんっ」

堅物検事でも、身体は素直らしい。

胸をしつこく弄《いじ》っていると、下着の前が少しずつ強張りだす。久隅は下卑た笑いを唇に浮かべて、神谷の下着のウエストを掴んだ。前部だけ下ろす。まだ頼りない角度で腫《は》れている茎と、その下の陰嚢《いんのう》を暴いた。双玉の下に下着を引っかけると、性器が卑猥に持ち上がる。赤みの強い亀頭が揺れる。

「神谷さん、ヤバすぎるって」

強烈に下半身に訴えかけてくる姿だ。

久隅は正面に立つと、神谷の両膝を掴んだ。ぐうっと左右に大きく押し開く。腿《もも》の内側の筋が強く浮き上がる。会陰部をいっぱいに開かれて、まるで自身の淫《みだ》らな姿を認識しているかのように、性器が勃《た》ち上がっていく。

神谷は後頭部を鏡に擦りつけて、快楽を求めるように腰を軽く前に突き出す仕種をした。

「誘いすぎだろ…」

口のなかに湧き上がってきた唾液を、神谷の伸ばされた喉元へと垂らす。

このまま犯してやろうか……。久隅の下腹では硬い肉が強い脈動とともに疼いていた。

あの高校生のころは、まだはっきりとかたちになっていなかった欲望。神谷を引き摺り下ろして、這い蹲らせたいと、無性に思った。

真実にしか興味のない、この砂のようにさらさらとした淡白な男に、自分のかたちを刻みつけてやりたい。

安浜の担当検事ではあるが、神谷の性質や価値観からいって、もしここで自分に犯されたところで仕事に私情を挟むようなことは決してしないだろう。

「……問題はないな」

自分の唾液で濡れた喉に顔を寄せる。

ぬめる皮膚に唇を這わせると、神谷は大袈裟なほど身体をビクッとさせた。見かけによらず、かなり過敏な体質のようだ。

首から耳へと肌を貪り、耳朶《じだ》を舌でねっとりと味わう。耳腔に唾液をたっぷり流し込んでやる。

「く、ふっ」

突然、神谷が肩を掴んできた。耳から口を離して顔を覗き込むと、しかし薄く静脈の透ける瞼は深く閉ざされたままだ。よほど耳への愛撫で感じたのか、息を淫らに弾ませている。その唇がわずかに動いた。

「…………ん」

「なんだ？」

神谷の唇へと耳を寄せる。湿っぽい吐息が耳の表面を撫でる。

久隅のワイシャツの肩に、せつなげに指先が食い込んでくる。

「木内……さん」

――木内？

久隅は傷のような深い皺を眉間に刻んだ。木内といったら、いつも神谷と一緒に行動している検察事務官だ。

――どうして、こんなときにそいつの名前を呼ぶんだ。

こんな、甘ったるい声で。

久隅は視線を落とし、神谷のペニスを見つめた。濡れている。先走りで、それはとろとろに濡れそぼっていた。

「……木内さん」

呟きとともに、痛々しいまでに赤くなっている先端の窪《くぼ》みから新たな蜜が盛り上がり、長いまっすぐな茎を伝い落ちていく。

久隅は一瞬、陰茎を根元まで咥えて喰いちぎってやりたい衝動に駆られた。

荒々しい三白眼で、神谷礼志を睨みつける。

＊＊＊

眩しい。瞼を上げると光が洪水のように目から脳へと溢れ返った。その光が鋭い痛みをこめかみに炸裂させる。

「……っ」

腕で目を覆って、光に背を向ける。

身体を横倒しにすると、膝がなにかにぶつかった。生温かい……。同じベッドに誰かがいるらしい。昨夜、誰といただろう？

——そうだ。木内さんが家に飲みに来たんだ。

すると、横にいるのは木内なのだろうか？　まさか木内になにかしてしまったのかと、ザッと背筋が冷える。眠気が一気に吹き飛んだ。

おそるおそる、目を開けてみる。

けれど、目の前にあったのは、爽やかな事務官の顔ではなかった。

険の籠もる、野生的な面立ち。

――久隅？

彼は光を受けて一段と色を浅くしている双眸で、神谷を凝視していた。傷痕の乗った涙袋が、くっと浮き上がる。嘲笑《あざわら》うような表情だ。

ダブルベッドとナイトテーブルぐらいしかない十畳ほどの部屋に、見覚えはない。

ここはどこだろう？　久隅の家だろうか？　しかしそもそも、自分はどうして久隅と同じベッドで寝ているのだろう？

高い体温が空気越しにじわりと伝わってくる距離にある男の肉体は、とても威圧的で、息苦しさを覚える。

「久隅――どうして」

「あれだけ乱れておいて、なにも覚えてないのか？」

甘さの滲む声音で囁きながら、男が脇腹の素肌をぞろりと撫で上げてきた。それで、神谷はようやく自分が全裸なのに気づく。久隅も裸だ。

神谷は必死に昨夜の記憶を辿った。

そう、木内の痛々しい告白を聞いたのだ。そして、自分のマンションを飛び出して、タクシーに乗り込み。木内への感情を、酒の力でひと晩だけでも身から引き剥がしたかった。

「飲んでいたんだ。ひとりで」

「ああ、そうだ。酔い潰れたあんたに困って、マスターが俺に連絡してきたんだ」

強い親指にきつく擦られている腰骨が痛い。その痛みが、男としての朝の習いで軽く勃起してしまっている茎をジワジワと疼かせる。神谷は布団のなかに手を入れて、久隅のいかつい手首を掴み、肌から遠ざけた。

「迷惑をかけて悪かった。この侘びは改めてさせてもらう」

木内がどうしているのか、とても気になる。

もう目を覚ましただろうか？　苦しんでいる彼を、ひとりで置いてきてしまった。いますぐ家に戻って、もしまだ木内がいるのなら、熱いコーヒーでも淹れて、傍にいたい。いくら酔っ払ってのこととはいえ、木内が自分に深刻な悩みを打ち明けてくれたのだ。彼のことを少しでも楽にしたい。

今日は天気がいいようだから、木内が望むならどこかに車を出そうか。

ものすごく人がましい感情が動いて、なんだか気恥ずかしいような気持ちになる。プライベートでこんなふうに人に心を割くのは、新鮮な感覚だ。恋人相手にもこんなに自然に心を動かしたことはない。

ベッドから起き上がろうとした神谷はしかし、肩が脱臼しそうなほど強く二の腕を引かれた。背がシーツに叩きつけられる。

「待てよ、おい」

久隅は逞しい裸体を起こすと、獣が餌に喰らいつくように圧《の》し掛かってきた。

「昨夜、俺があんたを抱いたって言ったら、どうする？」

「……」

男同士とはいえ、ふたりとも全裸だ。神谷はこれまで異性としか肉体関係を持ったことはなかったが、木内には同性とはいえ反応しそうになることがあった。とすれば、アルコールでおかしくなった状態で久隅と関係を持つこともあり得るのかもしれない。

同性とあられもないことをしたのだとしたらショックではあるが、記憶はないし、痛みがないから肛門性交まではしていないだろう。それならば。

「なかったことにしてくれ」

一重の目に感情を載せず、神谷はさらりと言った。

「もしそういうことがあったなら、忘れてほしい。酒のうえでのことだ。私も気にしないようにするから、気まずさは互いに収めよう。これからも安浜さんの件で顔を合わせなければならないだろうからな」

「…………」

見上げる先、鳶色の瞳が据わり、ぬるりと光った。

「真実マニアのくせに、自分のしたセックスには興味ねぇのかよ？」

「罪をともなわない真実には、あまり興味がないんだ」

自分で言ってから、これでは情緒欠陥人間そのものだと苦笑する。

その苦笑が気に障ったものか。

ふいに久隅が右手で拳を握った。それが宙に上げられ、次の瞬間、ビュッと振り下ろされる。神谷は咄嗟《とっさ》に目を硬く閉じた。風圧。顔のすぐ横、枕がドスッと殴られた。

心臓が激しく竦んだが、神谷は冷ややかな表情のまま、すっと目を開いた。

「なんのまねだ？」

「昨夜はなにもしてねぇよ」

「……。それなら、もういいだろう。家に客を残してきてるから、すぐに帰りたいんだ。どいてくれ」

「客って、事務官の木内か？」

ぴくっと神谷は睫を震わせてしまった。不穏な笑みが久隅の顔に拡がっていく。

久隅の獣じみた荒っぽいラインの身体が神谷へと伏せられる。唇が重なりそうになって、神谷は目を見開いた。

「悪ふざけはやめろっ」

顔をバッと背けて、両手で久隅の喉元や肩を押して逃げようとする。重い体重。熱い人肌。少し辛みのあるグレイアンバーの香りが籠もるように匂いたつ。

両の手首を掴まれて、シーツにがっしりと縫《ぬ》い留められる。

久隅の力は、とても強かった。

男を退けようと立てた膝のあいだに、逞しい腰が入り込んでくる。

「つ、ふっ」

性器に……なにかが擦りつけられた。

硬い。硬くて長い器官だ。その張り詰めた先端が、神谷の性器の裏のラインを辿る。ふいに、ぬるりと滑った。

「な……にを？」

それが擦りつけられる速度が増す。自分のうえで久隅が、まるでセックスの最中の男のように身体を揺すっている。重なった下腹から、濡れた肉が擦れ合ういやらしい音がする。

「久隅、なにをしてるんだっ」

腰をずらそうともがくと、軽く息を乱した久隅が色欲にまみれた男の表情で見下ろしてきた。

「なにって、わかってんだろ？」

「――ぁ？」

触れ合っているものから、生温かい蜜が大量に滴ってきた。

「神谷さんの、俺のでびしょ濡れだ」

久隅が上半身を少し起こしたから、神谷は重なった下腹をおそるおそる見下ろした。そして、透明な蜜に塗れた二本の雄の器官が互いを押し合うようにしているさまを目にしてしまう。神谷が呆然と見ているなか、一回り大きな久隅のものがふたたび神谷のものを擦りだす。

「やめ……ろっ」

なんとか脚に脚を絡めて久隅の動きを封じようとしたのだが、それがいっそう下肢の密着度を高めてしまう。

陰茎が撓《しな》りながら、互いを捏《こ》ねる。括《くび》れ同士が卑猥に擦れ合えば、身体の芯が熱く爛《ただ》れた。久隅から止め処《ど》なく零れる蜜が神谷の先端の切れ込みを伝い流れる。

蠟燭《ろうそく》の灯でも移すかのように、久隅から神谷へと淫らな欲が点されていく。

「……ぁ――――っ」

思わず漏らしてしまった小さな喘ぎを、慌てて噛み殺す。しかし、声は殺しても、先走りを止めることはできなかった。茎の中枢を溯《さかのぼ》った液が先端から溢れ出す。

ひどく感じてしまっていることを、久隅に知られてしまう。

羞恥と屈辱に伏せた睫を震わせる神谷の鼻先で、久隅がクッと喉笑いをした。

「こういう顔を見てやりたくて、あんたが目を覚ますのを待ってたんだ。一睡もせずに、寝顔眺めてな。……それにしても、いつも木内とヤってるだけあって、エロい反応してくれるな」

なぜ、ここで木内のことが出てくるのかわからない。ただ、彼のことを貶《おとし》められるのは、こんなまともに頭の働かない状況でも許せなかった。

「木内、さんは――関係ない」

「隠すな。ヤりまくってんだろ？」

「するわけがないだろう！　木内さんは……」

彼は妻を愛している。愛しているからこそ、あんなに苦しんでいるのだ。

「木内さんは、君みたいに、こんな下種《げす》なマネはしないっ」

潤む目で睨むと、久隅はにぃっと笑った。

「じゃあ、片思いなのか」

「……」

「マジかよ？　それはまた、えらくいじらしいお話だな」

頭から血の気が失せる。決して誰にも知られてはいけないことを、自分ですら見ないふりをしてきた気持ちを、久隅に易々と掴まれてしまった。

「違う……くだらない勘繰りはよせ」

力の入りきらない神谷の言葉を無視して、久隅は毒気に満ちた表情で脅しをかけてきた。

「なぁ。ご当人には言わないでおいてやるから、自分で脚を開け。膝の裏に手を入れて、俺を欲しがってみせろ」

「……」

「ほら、こうだ」

久隅は神谷の脚のあいだで身体を起こすと、突然、足首を掴んできた。会陰部を剥き出しにするかたちで脚が左右に割られる。

「やめ、ろっ、久隅っ！」

普段、決して見られることのない角度で、恥部をすべて久隅の目に晒してしまっている。

もがく神谷の脚の力はしかし、久隅の手で容易く殺されてしまう。

双丘の底で収斂《しゅうれん》する窄《すぼ》まりを観賞しながら、久隅は大きく喉を鳴らして唾を飲み込んだ。

脚を閉じようとすると、膝を折るかたちで脚を畳まれた。秘孔があられもなく晒される。

「膝の裏、自分で持ってみろ」

首を横に振ると、久隅は神谷の右脚だけ解放して、枕元に手を伸ばした。シルバーの携帯電話を拾い上げる。神谷の携帯だ。

「なら、いまから木内に電話して、俺があんたのせつない胸のうちを伝えてやる。案外、あいつもお綺麗な検事さんに夢中かもしれないぞ？」

「……君の言葉なんて、木内さんは聞かない」

「声、震えてるぞ」

「電話はするなっ」

「なら、自分で脚を開いて誘え」

携帯のキー操作を始める久隅をギリギリと睨んで——。

唇を血が滲むほど噛み、神谷はぎこちなく自分の膝裏へと手を差し込んだ。自然と腿を閉じてしまうと、「股関節が壊れるぐらい開け」と命じられる。従うしかなかった。

あり得ないような恥辱のなかで、神谷は詮無《せんな》く思いを巡らせる。

……久隅はどうしてこんなことを求めるのだろう？

まるで貶めたくて仕方がないように。

いまの自分たちは、朝倉殺しの真相を追う協力者のはずだ。

まさか、十二年前に味方になると言わなかったことを、恨んでいるのだろうか？

それともこれは、あの首を絞めた行為の延長のようなものなのだろうか？

カーテンの開かれた窓のむこうには、青くて明るい空が広がっている。上空の風に雲がゆっくりと吹き流されていく。爽やかな光景だ。

――木内さん……。

彼にとてもよく似合いそうな、爽やかな。

「もっと、尻をぜんぶ開くんだ」

自身の手に容赦なく開かれて、腿の内側の筋はピクピクと痙攣している。粘膜への窪みが、ねっとりとした視線にくじられて戦慄《わなな》く。

プライドというより、もっと日常的なものを突き崩されていく感覚だった。真顔で取り組んできた仕事や、自分なりの真摯な姿勢が、無意味なものへと堕《お》とされていく。

「検事さんのこんな姿、被疑者たちに拝ませてやりてぇなぁ」

久隅は悪趣味な想像に喉を震わせると、神谷の腰を両手で掴み、宙に持ち上げた。身体が丸まり、後孔が天井へと晒される。

「ちゃんと初物っぽく、慎ましい孔だな」

心臓が痛くなるほどのつらさが込み上げてきた。姿勢のせいもあって、頭に血が昇る。二日酔いの頭痛が酷くなっていく。

逃げられないのなら、せめて早く終わりにしてしまいたい。

「……くだらないことを言ってないで、やるなら早くすませ――――あぁ⁉」

ビクンッと神谷は全身を跳ねさせた。

「えらく敏感だな」

股間に快さげに笑う吐息が吹きかけられる。そしてもう一度、蕾《つぼみ》をぬるりと舐め上げられた。そこで感じる舌の感触は、身体中の力が抜けるような、堪えがたいものだった。

「ここをちゃんと俺に差し出さないと、電話するぞ？」

「嫌だ――そんなところをっ…………っ、ふ、あぁ、あ…っ」

とても自分のものとは思えない、上擦った短い喘ぎ。

剥き出しの蕾を、舌先で大小の輪を描きながらぬるぬると舐めまわされる。窪みを抉るように突かれる。硬く締めた下腹の筋肉を不安定に震わせながら、神谷はあらぬ場所への口淫に悶《もだ》えた。

「ここが、戦慄いてるぞ」

張り詰めた蟻《あり》の門渡りを、大きく開いた唇で吸われ、舌をツウと這わされる。それから張りをほぐすように口で揉まれる。後孔にもふたたび舌が這い伸びる。

「や……っ」

——嘘だ……こんな……。

すさまじい嫌悪感を覚える行為なのに、攻められたことのない場所に愛撫を施されて、神谷は性器を狂おしいほど疼かせてしまっていた。

「こんなに孔を綻《ほころ》ばせて、なかも舐めてほしいんだな」

次の瞬間、細やかな襞を割って、潤んだ柔肉がずぶっと捻《ね》じ込まれた。

「ひ……ぁ、駄目だっ!!」

神谷は咄嗟に右手を膝裏から剥がして、自身の脚のあいだに伸ばした。指先にぬるっとした軟体が触れる。久隅の肉厚な舌だ。あまりの卑猥さに慄《わなな》いて手を引こうとすると、中指の付け根を掴まれた。

舌を含んでいる粘膜への襞を、指先で辿らされる。

——入ってる……久隅の舌が、なかに……なかを舐めて……。

ショックに腹筋が激しく痙攣する。犯されている窄まりは、口惜しさにヒクつきながら、徐々に力を失った。

そのあとはもう、舌は孔へと易々と出入りした。神谷は唇をゆるく開き、すすり泣くような声を漏らしつづけた。陰茎の先の孔も開いてしまい、透明な蜜が縒《よ》るように胸元へと垂れていく。

久隅の質量のある舌は、かなり奥まで届いて跳ねてはくねり、あられもない抜き挿しを繰り返した。どんな卑猥な行為が繰り広げられているかを内壁と、秘部を触らされている指先に刻まれる。

チュプッと音がして、ようやく舌が抜かれた。しかし息つく暇もなく、自身の人差し指と中指を、粘膜のなかに連れ込まれてしまう。

「自分のなかの感触はどんなだ？」

「……ふ」

たっぷりと愛撫され、唾液を流し込まれたそこは、セックスのための器官のように指に甘く吸いついてくる。神谷はあろうことか、自身の粘膜に男としての欲を刺激された。性器がどくりと脈打つ。

狂っている。

「俺の指も、ほら、入った――っ、鳥肌がたちそうな締めつけだな」

神谷の指に、男の太い指が絡みついてくる。

「く、っ――抜け、……っあ」

「もう一本、喰え！」

三本でつらくなっている粘膜に、ごりごりともう一本の指が突き入れられる。

「痛――」

粘膜が伸びきり、自分の指を引き抜くこともできない。体内で指が争い、絡み合い、内壁をいびつに捏ねる。

「い、あ、ああっ」

どの指が当ったのか。目も眩むような快楽の塊が、下腹を襲った。

「だめ、だめだっ、そこ、は」

今度はあきらかに意図的に、久隅は神谷自身の指先をなかの凝りに押し込んだ。頭のなかが真っ白になって、意識がひしゃげる。

「あ……あっ、ん……ぅ」

赤く火照る頬や首筋に、ねっとりとした白い蜜が次から次へと散っていく。

男の明快な快楽とは違う類いの、頭がおかしくなりそうな絶頂に、まともに息ができない。肌に細かな汗を噴き出させた神谷の体内から、久隅がぐりっと指を抜く。久隅に手首を引いてもらうまで、神谷は自身の二本の指を抜くことすら失念していた。

「そのまま孔を緩めてろ」

右脚を久隅の肩に担ぎ上げられ、身体が斜めに傾く姿勢になる。

神谷は濡れ乱れた黒髪の下から、久隅を見上げた。そして、かつて自分の首を絞めた少年が浮かべていたのと同じ嗜虐の表情を、男の顔に見る。

おそろしく質量のある雄が襞を裂いて粘膜に入ってきた。

「いた……痛いっ、久隅――――っ、うっ、あ……」

内腿に筋を浮き立たせた脚がぶるぶると震える。男の器官を体内に深々と挿されていくのは、破壊される恐怖と直結していた。

「喰い千切られそうだ……神谷さんっ」

根元までぎちぎちと力技で埋め込んで、久隅が愉悦に身を震わせる。

腹のなかに太い道を無理やり作られ、そこに同性の滾る性器を通されている。

馴染むのを待つことなく抽送《ちゅうそう》が始まる。内壁が悲鳴を上げる。次から次へと襲いかかってくる白い痛みに背骨を粉々に砕かれていく。

「あ……動く、な……っく」

神谷は睫を涙で濡れそぼらせ、色を失った唇の端から唾液を零した。身体中の神経が狂い、指先や足先が脈絡もなく跳ねる。

「いや……いやだっ……ああ、んっ、ん」

忙《せわ》しなく肉を穿つ、湿り気を帯びた重ったるい音。

ふたりの争い合うような吐息の音が絡まる。

「あんたのこと、ぐちゃぐちゃにしてやる」

猛々しい呼吸の狭間に、久隅が憑《つ》かれたように唇を動かす。

「あんたは、砂だ。さらさらして、掴ませてくれない。だから、俺の濃い液でたっぷり濡らしてやる……濡らして、泥にして、この手でぐちゃぐちゃに捏ねくりまわしてやる」

「あっ――あ……ぁ、ぁ」

突き上げられるたびに、掠れた声が細かく押し出される。

傷ついた粘膜を容赦なく蹂躙《じゅうりん》されていく。組織がどんどん壊されていく。壊されて、深く深く入り込まれて。

「なかに出すぞ。俺をいっぱい植えつけてやる」

なかに射精されたからといって、男なのだから結ぶ実はない。それでも粘膜にそそがれ、滲《し》み込まされたら、本当に久隅のものにされてしまう気がした。

激しく揺さぶられながら、神谷は首を必死に横に振った。震える声で懇願する。

「なかは、やめてくれ……頼むから……」

「そんなオンナみたいなこと言うなよ」

よけいにそそられるだろ、と久隅は嗤った。

嗤《わら》いながら、射精を始めた。

「久隅っ、嫌だ！　抜いて、くれ――――あ、ああっ!!」

身体の奥深くに、熱い粘液がどぷりと流れ込んでくる。傷口から自分のなかへと、久隅

拓牟が滲み込んでくる……。

＊　＊　＊

ベッドに腰掛けて煙草の煙を肺の底まで吸い込む。

視界の端、シーツのうえには長い脚が投げ出されている。その爪先がいまだにときおりピクンと痙攣する。

自分の体液で満たされた粘膜も、きっと痙攣しているのだろう。そう思うと、煙草の煙が甘くてたまらなくなる。久隅は自身の下腹を眺めた。そこには鎮まりきらないペニスが息づいている。

これを、挿れてやった。

あの神谷礼志を、自分のものにしたのだ。

淡白な表面とは裏腹、彼の粘膜は熱くきつく性器をしゃぶってくれた。色素の薄い肌をまだらに赤く染め、黒目がちな目を潤ませて……最後に浮かべた絶望めいた表情は、男にはたまらない種類のものだった。

まだあの表情の名残《なごり》があるかと顔を見ると、しかし、神谷は右腕を顔のうえに斜めに翳《かざ》していた。

「神谷さん」

呼びかけても、腕をどかそうとしない。

下腹のところにだけ辛《かろ》うじて毛布がかかっている男の肢体を、久隅は舐めるように眺める。そして、左手を毛布のなかへと滑らせた。

神谷は慌てて脚を閉じたが、遅かった。濡れ緩んだ後孔は、ほとんど抵抗もなく久隅の中指を咥え込む。なかを掻きまわすと、淫らな濡れ音がたった。

「……なに、……う」

神谷は上半身を丸めるように起こして、両手で久隅の左手を掴んだ。体内の指を抜かせようとし――――久隅の背を見て、すべての動きを止める。

いま、神谷が目にしているもの。それは、一匹の巨大な蜘蛛《くも》だ。八本の長い足をあちらこちらに這い伸ばした、漆黒の蜘蛛。その身は獣のような毛で覆われている。

爛々《らんらん》と赤く燃える四対、八つの目。

口元には鋭く弧を描く牙が覗き、それは血に塗《まみ》れている。獲物は描かれていないが、血が人間のものであることを、見る者は自然と理解する。

蜘蛛を中心にして、巣は久隅の背中一面、臀部《でんぶ》まで張り巡らされている。

刺青《いれずみ》を見慣れている極道者ですら、大概はこれを見ると、おぞましげな畏怖《いふ》の表情を浮かべる。さすがの神谷も例外ではなかった。表情こそあまり変わっていないが、彼の内壁は恐怖にきゅうっと引き絞られていた。

「すごいモンモンだろ？　大学出て、やっぱり極道になるって腹を据えたときに入れたんだ」

粘膜に自分の液をなすりつけ、こんな恐ろしい刺青を背負った男に犯されたのだと実感させてやる。

「三代目彫滝《ほりたき》っていう、手彫りの神って言われてる刺青師に入れてもらった。見たヤツが尻まくって逃げ出すようなのを入れてくれって頼んだんだ」

育ての親ともいうべき叔父の桜沢宗平は、久隅が極道になることを頑なに反対していた。亡き姉に顔向けできないから、どうでも堅気で生きていってくれと、数えきれない回数、諭《さと》された。頭を下げられまでした。

その叔父を納得させるためには、一端《いっぱし》の刺青を入れるしかないと考えた。痛みの少ない機械彫りでは駄目だ。ひと針ひと針を肌深くに刺し込む手彫りでなければいけない。決意というものを伝えるには、それだけの代償が必要なのだ。

それで当代一の刺青師に頼み込んだのだが——正直、二ヵ月に及ぶ施術は、それまで体験したことのない苦痛の連続だった。大の男でも、彫り途中で挫折することもままある苦行。

それでも歯を喰いしばり、呻き声ひとつ上げずに、久隅は針を受け入れていった。

そうして背負ったのが、この毒蜘蛛だ。

すべてが仕上がった日、久隅は叔父の前で乱暴に服を脱いだ。素っ裸になり、背を見せた。次に振り向いたとき、叔父の顔には諦念《ていねん》と、厳しい侠《おとこ》の表情とが浮かんでいた。

久隅は、桜沢宗平と親子盃を交わした。

血縁上の叔父と甥は、そのとき、任侠《にんきょう》世界での親と子になったのだった。叔父の潔い生き様に惚れていた久隅は、心底嬉しかった。

「……っ、ふ」

神谷の薄く開かれた唇から漏れる吐息が、乱れだす。

その湿り気を帯びた呼吸音に、久隅の雄は反応した。

「このモンモン見せたあとに抱くと、どいつも締まりがヨくなるんだ。あんたでも試させろ。ほら、脚を開け」

「もう……無理だ」

無理だと言いながら、抜く指に、粘膜が悩ましく絡みついてくる。

鼻で笑って、久隅は咥え煙草のまま神谷の腰を抱え込んだ。

3

検事室に、押送《おうそう》の巡査にともなわれて安浜が入ってくる。いくぶんやつれたようだった。新たな被疑者を視野に入れた再捜査が警察によって行われているものの、いまのところ安浜が完全にシロだという証拠もない。

安浜の弁明は、今日も判で押したように、ブレがない。面会の終わりに、

「警察側の取調べが過ぎるようでしたら、私から注意しておきますよ」

そう言葉をかけると、安浜は静かに首を横に振った。

「いえ、ご心配には及びません」

「なにかあれば、私にでも、弁護士にでも、すみやかに相談してください」

安浜には、岐柳組が有能なお抱え弁護士をつけている。

押送の巡査に促されて立ち上がりながら、安浜が珍しく自分から口を開いた。

「自分は、担当が神谷検事さんだったのを、ありがたく思っております」

澄んだ目が、まっすぐ見つめてくる。

「ご存知のとおりの前科モンで、どんな先入観で罪を決めつけられても文句を言えない身です。なのに、検事さんは毎回同じ話でもきっちり真剣に聞いてくださる」

「検事として当然の仕事をしているだけです」

神谷は微笑した。

「その当然の仕事をするってぇのが、存外、難しいもんでしょう」

安浜の笑顔を見たのは、初めてだった。

「いつも思いますが、被疑者っていうのは、こっちのことをなかなか注意深く見てますね」

巡査と安浜が去ってから、コーヒーを神谷の前に置きながら木内が言ってきた。

「……そうですね」

木内が傍にいる。自分を見ている。

緊張のあまり、神谷の声は小さくなり、強張った。表情も不自然になっているに違いない。

もう一週間も、神谷はまともに木内の顔を見ることができないでいた。

先週末の、木内が自棄酒をしてマンションに泊まりに来たあとからだ。

……木内から逃げるように赤坂の店で酔い潰れた神谷は、翌朝、久隅拓牟の家で目を覚ました。そして、木内への恋情を脅しの種に、久隅に身体を蹂躙されてしまった。

一度の行為では、許してもらえなかった。

神谷の内臓は傷ついてしまっていたのに、久隅は煙草で一服し、ふたたび神谷を貪ったのだ。久隅の放ったもので潤った粘膜の筒は、あり得ないほど卑猥な濡れ音をたてた。そうして、また体内に射精されて。

繋がりを抜かれると、閉まりきらない蕾から、ねっとりとした粘液が止め処なく溢れた。同性に陵辱《りょうじょく》されたという事実を突きつける、たとえようもなく惨めったらしい感触だった。

膝も腰も萎《な》えてしまってまともに歩けない神谷を、久隅はバスルームに引き摺っていった。身体を洗われ……体内も洗われた。神谷に与えられた衣類は、久隅のワイシャツだけだった。素肌にワイシャツなど、華奢《きゃしゃ》な女性がするから絵になるのであって、三十路《みそじ》目前の男の自分がやっても滑稽《こっけい》なだけだ。

そんな格好で明るいリビングのソファに座らされ、クラッカーにチーズという酒の摘まみのようなものを口に放り込まれた。

そしてそのまま、ソファのうえで屈辱的なM字開脚を強いられ、傷ついた内壁に軟膏《なんこう》を塗られた。けれども久隅の指はすぐに目的を見失う。なかの快楽の凝りを嬲《なぶ》り倒された。そうしながら、ねっとりとしたフェラチオを施されて、精液を飲まれ——久隅の血管の浮き出た大きすぎる雄を、口に突っ込まれた。

そんなふうに夜まで、上下の口を何度も使われた。

ようやく帰宅を許されたころには、唇は腫れ、下腹は痺《しび》れ、性器は先走りすら出せなくなっていた。

車で送るという久隅から逃げるようにして、流しのタクシーに飛び乗った。

帰り着いたマンションの部屋。当然のように、すでに木内の姿はなかった。

木内が酔ったうえとはいえ深刻な悩みを打ち明けてくれたのに、自分は彼になにもすることができなかったのだ。いつも気を割いてもらっておきながら、なにも返すことができなかった。

久隅に汚され尽くしたボロボロの心と身体で、ベッドにくったりと倒れ込む。

ふうっと、プールオムの香りがした。枕に顔を寄せる。そこに染み込んだ木内の香りを嗅ぐと、目と喉の奥がどうしようもなく熱く痛くなり……。

「神谷検事」

沈んだ声に呼びかけられて、ハッと我に返る。

木内はまだデスクの横に立ったままだった。彼の顔を見る勇気はなかったから、神谷は顎を少しだけ上げて、視線を微妙に横に逃がした。

「なんですか？」

自分は冷静な顔をできているだろうか？

久隅との狂った欲情に塗れたセックスや、木内と妻との亀裂を悦ぶような醜い心を、隠しおおせているだろうか？

木内にだけは、どうしても知られたくない。

「金曜の晩は、本当に申し訳ありませんでした」

「……」

「神谷検事に、甘えすぎました」

――甘えすぎた？

予想外のフレーズに、神谷は思わず見開いた目を上げてしまった。木内は本当につらそうな顔をしていた。

「家庭内の……とても個人的な問題を、検事にぶつけてしまって――さぞかし、困られたでしょう。朝になって、あなたの姿がなくて、本当に自分に嫌気が差しました」

「木内さん、それは違……」

神谷は慌てて立ち上がった。

木内が距離を保つように、一歩下がる。

「いいんです。気を遣わないでください。呆れられて当然です。もう二度とあんなふうにみっともない姿は晒しません。約束します。ですから、どうか……」

眼鏡のむこう、奥二重の瞳が苦しげに眇められる。

「軽蔑しないでください」

胸に錐《きり》を刺し込まれたような痛みが生じた。その衝撃に、神谷は咄嗟に木内の手首を握り締めてしまった。

「……軽蔑なんて」

するわけがない。子供を為せないことや、酒で苦しみを紛らわすことで、自分が木内を軽蔑するなどあり得ない。

肉体にどんな欠陥があったとしても、木内の精神は自分などより遥かに豊かで健やかなのだ。

『あんたは、砂だ』

自分を犯しながら、久隅は苦々しげにそう言った。

砂。一面の砂。それは、神谷自身のセルフイメージそのものだった。久隅には見透かされていたのだ。表面上は友情も恋愛もうまくやっているように取り繕いながら、その実、なにもまともに積み重なっていかない、この不毛な精神のかたちを。

いつも、自分のなかを空っぽだと感じていた。

どれだけテストでいい点を取っても、弓で好成績を遺しても、人に認められても、褒められても、それらは自分の内側を通り抜けていってしまう。なにも残らない。心の糧《かて》になっていかない。いつもカラカラに乾いている。

――でも、木内さんは違う。

木内は、まっとうだ。

人との信頼や愛情を育む能力に、人一倍長《た》けている。人を見守り癒す包容力がある。自分のような情緒に欠落のある人間さえも力強く包み、楽にしてくれる。

そんな特別な人だから。

――……好きなんだ。

「神谷検事？」

心を隠すことも失念して、神谷は木内を見つめてしまっていた。

……久隅としたような、あんないやらしい行為を求めたりはしない。そんな、木内を堕落させるようなことは決してさせられない。

でも、もし、もしも、触れ合うキスのひとつでも遂げることができたら、どんなにか満たされるだろう？

絶対にできないけれども、この胸に詰まっている想いのひと欠片でも告げることができたら、どんなに楽になれるだろう？

自分の望むことがわかればわかるほど、苦しみは増していく。誘惑に耐えかねて、心臓が激しく軋む。

グッと木内の温かな手首を握り締める。

そして、小声でそっと。

「私がもし真由さんだったら、絶対に木内さんと別れられません」

「……」

とてもずるい気持ちを籠めて告げたのに、木内はまるで慰められたように、ふわっとした笑みを浮かべた。目元にいつもの笑い皺が刻まれる。

「やっぱり、あなたに打ち明けてよかったです」


待ち合わせをしていたわけではない。

けれども『arcobaleno nero』の黒い虹の端を切り取ったようなカウンターの最奥のスツールでギムレットを口に運びながら——この店のギムレットはジンとライムジュースのみで作られているらしくて、少々甘ったるい——、神谷は確信していた。

もうすぐ、あのタールを固めたような黒い鉄扉から、久隅拓牟は現れるだろう。

そして、その予感は当たる。

存在感のある体躯と空気を具《そな》えた男が、ギイッと荒く蝶番《ちょうつがい》を鳴らしながら店に入ってくる。いくぶん不機嫌そうに眉根を寄せた顔は、神谷を見つけても特に驚きを浮かべない。

「今日は、潰れてないんだな」

からかうように言いながら、神谷の横のスツールにつく。

グレイアンバーの刺激的な香りが漂ってくる。一週間前にさんざん嗅がされた香りは、神谷の身体の奥底で、埋《うず》み火のように危うく息づいていた劣情《れつじょう》をぐっと煽《あお》った。

昼間、木内にしてしまった通じることのない不毛な告白を忘れたくて、酒はかなり進んでいた。酔いが理性の箍《たが》を緩め、淫靡な刺激を乗算させているのかもしれない。

……この一週間も以前と変わらず、久隅は定期的に神谷に電話を入れて情報を流してくれていたのだが、正直なところ、電話口から聞こえるザラつく不遜《ふそん》な声音にもじくじくと刺激されていたのだ。

ストラヴェッキオのそそがれたグラスを傾けながら、久隅が苦笑する。

「あんたは不思議だな。ヤってる最中は俺を刻みつけてるって感じたのに、こうしてると、本当にヤッたのか自信がなくなる」

「したい放題しておいて、ずいぶんな言いようだな」

思わず苦笑を返すと、久隅がつと耳元に口を寄せてきた。

「あんたを抱くのは、砂漠に手の跡をつけるみたいなもんだ。どんなに深く刻み込んでも、風が吹いて砂が流れれば、跡形もなくなる。どんなに俺の体液で濡らしてやっても、すぐに乾く。不毛な砂だ」

耳の軟骨の曲線を、男の厚い肌質の指がなぞる。

「なぁ、神谷さん。俺はあんたのこと、抱いたよな？」

ぞくりとした痺れが耳から頭のなかへ沁《し》みるように拡がっていく。

神谷は頭を軽く振って、声と指から逃れた。

そして、横目で男を見据えて、訊ねた。

「昔から……高校のころから、砂みたいだって思ってたのか？」

久隅の鳶色の瞳に、薄暗い笑みが籠もる。

「ああ。あの頃から思ってた。人間には淡白で潔癖症な求道者だってな。ガキのころは弓のお約束に縛られて、いまは仕事に雁字搦《がんじがら》めになって、いっつもネクタイで首括《くく》ったみたいな顔して――疲れねぇか？」

――……首括ったみたい、か。

久隅はまったく意図していなかったのだろうが、その例えは、神谷のなかの触れてはいけない過去を抉った。

心のぐらつきそのままに、神谷の背から硬い芯が引き抜かれる。カウンターについた両肘で、身体を支える。そうして俯きがちの姿勢、神谷は横の男を見つめた。自分の目がだらしなく潤んでいるのを感じる。崩れたがる、自滅を望む精神に、負けた。

「疲れないかって、訊いたな？」

「ん？　ああ」

「……つかれてる」

言葉に声音に視線に含ませた弱音。

久隅はすかさず喰らいついてきた。

「神谷さん、俺の家で飲みなおそう」

腰にバスタオルだけ巻いて、バスルームを出る。

バスルームと隣接する洗面所の明かりを消して、暗い廊下からリビングへと歩いていく。

リビングのカーテンは開けられていて、青みがかった月明かりが、ソファやラックの直線的なシルエットを浮かび上がらせていた。

　リビングから寝室に通じるドアは少しだけ開かれていて、細い光の線が一条、青黒い床にまっすぐ引かれている。

　……このまま、月が見えるベランダへと歩いてそこから飛び降りるのと、ベッドルームへ入って久隅に身を任せるのとは、神谷のなかでは同一線上の感情だった。それでも、ベランダには行かずに、引き摺るような足取りで寝室へと向かう。

「電気は消すな」

　部屋に入り、ドアの脇の壁にあるダウンライトのスイッチに手を伸ばした神谷に、久隅がベッドに仰向けに横になったまま鋭く短く言う。久隅の声には強制力がある。それは木内絡みの脅しを度外視してもだ。

　神谷はスイッチへ伸ばした手をくっと握り、ベッドへと歩いた。潔い足取りを装ったがしかし、

「その腰の邪魔なのを取って、俺に乗れ」

　命じられて、顔を強張らせた。

　一週間前にさんざん醜態を晒したからといって、羞恥心は枯渇《こかつ》してはいないらしい。バスタオルを腰から外すとき、手はかじかんだようにぎこちなかった。白いやわらかな夕

オルが皮膚の表面を滑って床に落ちる。

まっすぐ伸びる長い脚が露わになる。

下腹の草叢《くさむら》と、力なく垂れている性器も剥き出しになり、久隅の視線は露骨にそこにそそがれた。むずりとした熱が尾骶骨《びていこつ》を焦がす。

「俺を跨《また》いで、胸のうえに座れ。大股開いてな」

久隅から視線を外して、神谷はベッドのスプリングを軋ませた。

言われたとおり、久隅の裸の胸を跨ぐ。情けなく垂れて揺れる陰茎を、久隅に間近で見られる。

「体重をぜんぶかけてみろ」

けれども、臀部の皮膚が久隅の胸としっとりと重なる感覚が、妙に耐え難くて、神谷は腿に半端に力を籠めて、腰を浮かせようとしてしまう。

「ちゃんと座れ」

苛立ちといたぶり相半ばの語調で、久隅は神谷の腰を掴むと、ぐっと尻を下げさせた。

開いた会陰部がぴたりと久隅の皮膚に密着する。ふたつの陰嚢がなまなましい丸みで並び、茎が男の喉下へとくにゃりと這う。異様な羞恥心が突き上げてきて、神谷は思わずもがいた。もがくほど、がっしりと腰を押さえつけられる。

脚のあいだの性感帯が、双玉が、久隅の体温の高い肌と揉み合い、擦れていく。

「つ、く」

もどかしい疼きに苛まれて、神谷は久隅の肩に両手をついて、悶えた。ほの紅く色づいた肌が、汗に濡れ潤む。

自滅していく神谷の腰を片手で押さえ込むと、久隅は右手の指を神谷の尾骶骨に乗せた。そのまま、狭間へと滑り込ませる。

「……あっ！」

びくっと背を反らして、神谷は指に犯された孔を締める。そして、反射的に指から逃げようと身体を前にずらした。手を久隅の肩から離して、ベッドヘッドを掴む。なんとか身体を引き上げようとする。

身体が前に滑った。

「あ、っ……く」

ふいに訪れた性器を蕩《とろ》かされる感覚に、神谷は慌てて自身の下腹を見た。

いつの間にか芯を持って強張ってしまっていた茎。その半分ほどから先は、男の肉厚の唇のなかへと消えていた。見えない久隅の口腔で、ぽってりと腫れた先端を舐めまわされている。

行為そのものより、男の顔を跨いでいる体勢のあられもなさに、神谷は背を震わせた。

久隅は片手の中指を第一関節まで神谷の体内に挿し込んだまま、両手で尻朶《しりたぶ》を割り拡げるように丸みの薄い臀部を鷲掴みにする。そうして、腰の動きを誘導した。

前後に導かれれば、久隅の口を性器がずるずると出入りする。円を描くようにされれば、亀頭で久隅の熱い口の粘膜を擦らされる。

自在に操られて、神谷は両手でベッドヘッドを砕かんばかりに掴み、力なく開いた下唇から細く唾液を滴《したた》らせた。

恥辱に塗れながらしかし、濡れそぼった切れ長の目は、自分と久隅の繋がっている場所に釘付けになってしまう。しっかりした肉質の唇が、自分の色素の薄い性器を美味《うま》そうに食《は》んでは、淫らにへばりつく。

もう途中からは、久隅に強いられる動きをみずからで倍にして、神谷は口淫に溺れた。

「あんたのなか、すごいぞ。俺の指をすすってる」

粘膜のいざないに応えるように、久隅はぐっと指を進めてきた。

そして、ずるりと快楽の凝りを擦り上げる。鮮烈すぎる快楽に、神谷は腰を前に突き出した。ほとんど根元まで久隅の口に入ってしまう。

腰を引こうとしたが、唇の輪はきつく締められ、茎を抜くことができない。

「く、ずみ……だめ……だめだっ」

蕩けていく。

久隅の口腔で、淫らに自身のものが撓るのを神谷は感じる。

生き餌を喰らう肉食獣のえげつなさで、久隅は口のなかのペニスを味わっている。先端の段差をねっとりと強く舐め上げられたとき、ついに限界が訪れた。

「ひぅ――あっ、ああ」

腰がぶるっと震え、内側の粘膜までだくだくとうねって。

神谷は喉を仰け反らせると、燃え蕩けた蠟のような体液をとろとろと男の喉へと流し込んでいった……。

＊　＊　＊

脅しで目的を達成することに、良心など痛まない。そもそも、人より良心の持ち合わせが極端に少ない。

だから、必要とあらば木内の名前を何十回でも出して、思うさま神谷を自分の欲望に従わせるつもりだった。

けれど、三時間に及ぶセックスの最中、久隅は結局、一度も木内の名前を口にしなかった。

そんなことをしなくても、神谷は屈辱に身を震わせながらも、すべてに応えてくれたからだ。フェラチオも、シックスナインも……ぎこちなく、次第に淫らに。

神谷の身体は久隅に比べればずいぶんと細身ではあるが、充分に男としての魅力がある。性器も長さがあって、先がしっかりと張っている。ただ、色白な肌と同様、局部も色素が薄く、先端の赤みが粘膜めいているのが、妙にいたいけな感じで卑猥だった。

これまで久隅は、女も男も結構な数を喰い散らかしてきたが、神谷は誰よりもよかった。テクニックや身体の造りということよりはむしろ、神谷の崩れたがらない精神が劣情を刺激した。必死に声を殺そうとしたり、快楽を感じていないふりをしようとしたりする様子が、嗜虐心に火をつける。自分のほどこす性戯に負けて、神谷があられもなく応えてくれたときには、たまらない喜悦を覚えた。

骨の髄《ずい》までぐずぐずになりそうなセックスだった。

久隅も消耗したが、神谷のほうはその何倍も疲労したらしい。シャワーを使うこともできずに、彼は半ば意識を失うようにして眠ってしまった。

肘枕をした久隅は、最後の体位のままうつ伏せで枕を抱くようにしている神谷を眺めた。

顔に精液をかけたとき、髪についたのをティッシュで拭ってやり損ねていたようだ。こめかみにかかる髪が束になって固まっている。手を伸ばして、そのごわついている部分に触れる……そのまま、そろりと黒髪を撫でてみた。

「なぁ、神谷さん」

不明瞭な声で呟く。

「俺のもんになれよ」

口にしてから、一時的な肉体関係だけでなく、自分がもっと深く神谷を手に入れたがっているのだと、改めて知る。

恋愛感情かと問われたら、首を傾げるしかない。ただ、この掴みきれない男を完全に自分のものにしたいという、激しい焦燥感に駆られている。

「木内なんて詰まんねぇ男、やめとけ」

ふいに、眠ったままの神谷の眉が憂いのかたちに歪んだ。

フェラチオのしすぎで赤く腫れた唇がゆるやかに小さく動く。

「きうち……さん？」

甘い声。

鳩尾に錐を刺し込まれたような痛みが起こった。

「木内さん」

追い討ちをかけるように、もう一度。とても大切そうに、神谷は一音一音を発した。今度は心臓が、焼き鏝《ごて》を当てられたかのように激しく引き攣る。

喉の奥でグッとなにかが膨らみ、爆発した。

「おいっ！」

裸の肩を引っ掴んで、神谷の身体を乱暴に仰向けにした。

神谷が驚いて目を開けたのと同時に、平手でその頬を張った。加減はしなかった。神谷の首が不自然なほど捩れる。唇の端から赤い液体が滲みだす。口腔を歯で抉ってしまったのだろう。

「う……く」

焦点が合わないように、ふらふらした視線が見上げてくる。

「木内のどこがそんなにいい？」

「……」

「答えろっ！」

「──木内さんは、支えてくれる」

事態が掴めない様子のまま呟く声には、甘みがあった。その声に、久隅の胃は捩れるように痛む。

「それだけか？」

「いつも一緒にいて、力をくれる……健やかで、温かい。本当によく気遣ってくれて、これまでの事務官たちとはまったく違った。あの人の傍にいると私は……」

それ以上、聞きたくなかった。

久隅は神谷に覆い被さり、唇を――まだ一度も重ねていなかった唇を、奪おうとする。

「…っ、嫌だっ」

木内のことを語っていた唇を汚されるのがよほど嫌だったのか。神谷は今日はじめての抵抗を見せた。

自分の下で、吸われた赤い痕を散らした白い肌が跳ねる。のたうつ。

――俺に従わせてやる……俺を刻みつけてやるっ！

久隅の手は吸い寄せられるように、神谷のすっとした首にかかった。掴む。掌に感じる喉仏を潰す。

一重の目が見開かれた。あの時と同じ表情だ。

時間が十二年前に巻き戻されたかのようだった。

神谷がうつろな表情で喘ぐ。久隅は激しく息を弾ませる。

唇が触れ合う。開き合った唇、久隅の舌はふたつの唇を潜り抜けて、神谷へと入っていく。熱い口のなか。舌先がぬるっと擦れ合う。血の味がした。

出血の場所を探して、ねっとりとした舌使い、神谷の頬の内側の粘膜を辿る。

「つ、ふ……ん、んっ！」

傷口を舐められて、神谷がビクッと身体を震わせた。

首を絞められたままのキスは、ひどく苦しいようだった。その苦しみから逃れようと、神谷は久隅の手に爪をたてる。手の甲の皮膚が剥けた。

切羽詰った抵抗を見せながらも、神谷は小刻みに舌を舐め返してくる。

久隅は痛いほど勃起したペニスを神谷の内腿の素肌に擦りつけながら、唇をふたりの交ざった唾液に塗れさせた。

＊＊＊

目を覚ましたのは、十時ちょっと過ぎだった。

今日は土曜日だが、午後からいくつかの事件についての聞き込みをして歩く予定だ。木内も同伴してくれることになっている。

出勤する前に着替えをしに自宅に戻ろうと、神谷は男がまだ眠っているベッドから抜け出して、シャワーを浴びた。

久隅を起こさずに出るつもりだったが、タオルで頭を拭きながらリビングに行くと、彼はソファにふんぞり返るようにして座っていた。逞しい上半身は裸で、下だけスエットを穿《は》いている。

「コーヒー、飲むか?」

訊かれて頷くと、久隅は髪をぐしゃぐしゃと掻きまわしながら立ち上がる。

筋肉や筋が力強いラインを描く背、そこに彫り込まれたおぞましい刺青。

縦横無尽に張り巡らされている、粘度の高い蜘蛛の巣……。

ふいに、神谷は自分が一匹の羽虫になったような錯覚に囚われた。

羽虫となり、あの巣に引っ掛かっている。蜘蛛の刺々しい前足の先で、翅《はね》をズタズタに崩されていく。手足を根元から捥《も》ぎ取られ、そしてついには鋭い牙でざっくりと胴を喰い千切られる。

恐ろしさと同時に、毒々しい甘みが身のうちに滲んだ。

木内との仕事を放棄して、一日中、久隅の毒牙にかかっていたいような気がして——

どうかしている。

「……コーヒーを淹れるの、下手だな」

渡されたカップを立ったまま口に運んで、神谷は思わず口元を歪めた。暴力的な濃さだ。

「一気に目が覚めるだろ？」

「むしろ神経を破壊されそうだ」

目の前に立っている久隅が、皮肉っぽい笑みを浮かべた。

「なら、あんたにはもってこいだ」

「……」

久隅を侮《あなど》ってはいけない。彼は感覚の鋭い男だ。

神谷が昨夜の激しい性交に従った理由など、お見通しなのだろう。

木内本人へ恋情を暴露されることを恐れたからではなく、木内への恋情を心から退けるために、久隅を利用した。

耐え難い恥辱に塗れると、木内のことを忘れることができた。そしてまた、こんな穢《けが》れた自分がまっとうな木内を好きだなどというのは滑稽だと感じることができた。

「あんたは昨日、自分から俺の巣にふらふら引っ掛かってきたんだ。もう、俺のせいにはできないぞ」

久隅が厚みのある下唇をまくるようにして、凶暴に笑む。

「この先、どれだけ俺に壊されても、文句は言わせねぇからな」

なぜか、その言葉に安堵めいたものを感じている自分がいる。

……人との温かな関係を積み重ねていくことが苦手な自分でも、壊されるという方法でなら人と深い関係を結べるのではないか。

――おかしな理屈だな。

神谷は、熱くて苦い泥のような液体をもう一度、喉へと流し込んだ。

久隅は神谷を自宅マンションまで車で送ってくれた。

どんな浮ついた車に乗っているのかと思ったが、久隅が愛用しているのは、BMW・M5のブラックだった。M5は4ドアで、見た目は普通のセダンと変わらない。しかし、そのスペックたるやスーパーカーと張る性能を具えており、伊達《だて》に一千万円超えの高級車ではないと思わせる、実力のある車だ。

レスポンスのいい変速性能を存分に生かした久隅の運転は、やや強引さは目立つものの、力強くて色気がある。

木内の心遣いのある気持ちいい運転に慣れていた神谷は、久隅のワイルドな運転に少しばかり興奮させられてしまった。

――高校のころと、久隅は変わってないってことか。

久隅の乱暴だけれども力強くて確実な弓技と、いまの運転とには、通じるものがある。

とても刺激的で、魅力的だ。

ハンドルを握る久隅の横顔を見る。性格の荒さを滲ませる、精悍な面立ち。顎の強く張ったラインは、羨《うらや》ましいぐらい男らしい。神谷と違ってひと晩で髭が伸びる体質らしい。無精髭すら、粗野な色気を醸《かも》しだしている。黒いハイネックのセーターが、鳶色の髪によく似合っていた。

信号機に掴まって、車が停まる。

と、久隅はシートベルトを手早く外すと、ふいに神谷へと身体を傾けてきた。

拒む暇もなく、唇を奪われる。ぺろりと唇を舐められて、神谷は思わず久隅の厚い胸板を拳で殴った。加減なく殴ったから、久隅がウッと呻く。

「いってぇ」

「なっ、なにをするんだ、こんなところで」

前の車からバックミラーで見られたかもしれない。歩道を歩いている人間に見られたかもしれない。動転しながら声を荒げると、久隅がニッと目を細めた。

「キスしてほしそうなツラしてたあんたが悪い」

「誰が、そんな顔……」

「神谷さんて、なにげない顔がどうにもエロいんだよな」

気をつけたほうがいいぞ、とふざけたように言うと、久隅はふたたびシートベルトを嵌め、なにもなかったかのようにアクセルを踏んだ。

木内と待ち合わせをしている目黒《めぐろ》まで車で送るという久隅の申し出を断って、神谷はマンション八階の自宅の鍵を開けて、なかに入った。

留守電のランプが点滅している。メッセージを再生しようと、電話の載っているキャビネットへと近づいた神谷は、ふと眉をひそめた。

人の気配がする。

自分以外の誰かが、このリビングにいるのだ。

——いったい、誰が………。

項《うなじ》の産毛が逆立つ感覚に、神谷はコートのポケットへと手を滑り込ませた。携帯電話を握る。久隅はまだ近くにいるだろう。彼を頼ることに違和感はあったが、緊急事態だ。

素早く携帯電話を抜くと、久隅の番号を呼び出す。

通話キーを押したか、押さないか。背後で足音がして、神谷はパッと身体を返した。携帯電話が手を離れて、フローリングの床へと落ちる。

目の前に、三十代前半ぐらいの、がっちりした体躯の男が立っていた。青いパーカーを着ていて、帽子を目深に被っている。男の右手でぎらついているのは、出刃包丁だ。

「よお、朝帰りかよ。検事さんもヤることヤってんだな」

「誰だ？　どうやって、ここに入った」

そう訊ねながら、カーテンが風で翻るのに、どうやら窓を割って侵入したらしいと見当をつける。ベランダでも伝ってきたものか。だとすると、まず隣家に押し入ったのかもしれない。右隣は若い姉妹のふたり暮らし、左隣は小学生の子供のいる夫婦だ。悪い想像が頭を過ぎり、神谷は蒼褪めた顔で侵入者を睨み据えた。

男が一歩近づいてくる。

「あんた検事のくせに、朝倉さんを殺った岐柳組の安浜に、えらく肩入れしてるんだってな？　どういう了見だ、ああ？　警察みてぇにあっちこっち嗅ぎまわって、目障りなんだよ！　とっとと安浜を起訴しやがれ。これ以上、いらねぇ鼻突っ込むと、てめぇもてめぇの家族もただじゃすまねぇぞっ！」

「……加納組の人間か」

警察が身柄を確保しようとしている斉藤瑠璃香は、加納組と関わりがある。彼女の線を探られたのが、よほど痛い腹だったのだろう。

「とにかく、安浜を起訴しろっ！　あいつが朝倉さんを殺った犯人だ。証拠の銃だって持ってたんだろうがっ」

口角から泡を飛ばす男を、神谷は厳しい眼差しで射抜く。

「いちいちこんな脅しに乗っていて、検事が務まるか」

「安浜を起訴しねぇつもりなのか？」

「犯人でない人間は、起訴しない」

安浜を起訴しない、とは言わなかった。

けれども、安浜が犯人でないことを知っている証拠、男は激昂《げきこう》に顔を歪めて飛びかかってきた。

「これでも、そんな綺麗事ぬかせんのかよっ⁉」

いつもの神谷ならいざ知らず、昨夜の獣じみた性交のせいで足腰に力が入りきらない。

体当たりされるまま、男とともに床に転げた。出刃包丁が振りかざされる。

振り下ろされる腕を両手で掴んで、刃を喰い止める。

拮抗《きっこう》する力に、互いの腕がぶるぶると震えだす。荒い息。ばさばさと風に翻るカーテンの音。上から体重をかけられて、包丁の刃が、少しずつ、少しずつ、下りてくる。

ついに神谷の腕は、負荷に耐えられなくなった。

刃が勢いよく落ちた。

左の頬に冷たい線が引かれるのを感じる。刃先がフローリングの床へと刺さった。

間髪入れず、ふたたび出刃包丁が振り上げられる。

「俺は本気だぜ、検事さん」

内心は切羽詰りながらも、神谷は冷然と相手を見上げる。それが相手を刺激したようだった。

「高慢ちきなツラしやがって……その顔、ズタズタにしてやるっっ!!」

しかし、神谷の顔面を狙ってきた包丁は、宙でびくりと止まった。

バンッと玄関のドアが開かれたのだ。靴のまま廊下を踏む、荒い足音。

リビングに入ってきた男の顔は険しい形相を刻み、黒ずくめの服に包まれた逞しい肢体から毒々しいまでの怒気を放っていた。久隅だ。繋がった携帯電話から室内の異常を知り、駆けつけてくれたのだろう。

神谷に圧し掛かっている男は完全に気押されているようだった。

「岐柳組の、久隅…かよ」

搾り出すように、呻く。

久隅は一気に間合いを詰めると、男の胸倉を掴んで、神谷のうえから引き摺り起こした。

男が凶器を持っていることなど、まったく気にするふうもない。

「加納組のヤツだな。姑息なマネしやがって」

ぞっとするほど低い獰猛《どうもう》な声とともに、久隅はガッと男の鳩尾に拳を突き入れた。二度、三度と鋭いジャブが叩き込まれるたび、男の身体は電流に触れたかのように跳ねた。久隅が掴んでいた胸倉を放すと、男はへなへなとその場に倒れ込んだ。

突然の展開に呆然としたのも束の間、神谷は慌しく立ち上がると、

「その辺でやめておけ」

男の脇腹に容赦ない蹴りを入れだした久隅に鋭く言い、ベランダへと走った。

どのルートで侵入したのかを見まわすと、上からロープが垂れていた。この八階が最上階で、うえは屋上になっている。どうやら屋上から直接アプローチしたようだ。念のため、隣家のインターホンを鳴らしてみる。土曜の午前、両家とも在宅していて異常はなかった。

不法侵入男は所轄の警察へと引き渡した。

久隅が車を飛ばしてくれたお陰で、少し遅れただけで、木内と待ち合わせをしている目黒に着くことができた。

「ありがとう。いろいろと助かった。礼は今度またさせてもらう」

そう言って車を降りようとした神谷の左腕が、ぐっと強い手に掴まれる。上げかけた腰

が、シートにどさっと落ちた。久隅が覆い被さってくる。左頬をちろりと舐められた。包丁でつけられた切り傷はさして深くなかったため、軟膏を塗るだけの処置ですませていた。

「にが…」

軟膏がまずかったらしく、久隅が不機嫌な顔をする。そして、「口直しさせろ」と顔を寄せてきた。唇を奪われそうになって、神谷は男の口を掌で覆った。

「だから、こういう場所ではやめろと言ってるだろう」

「ケチケチすんな。礼をするって言ったのは自分だろうが」

くぐもった声で久隅が文句を言う。

「……っ」

掌が、ふいに濡れた。熱く潤んだ軟体が掌をぬるぬると擦る。驚いて手を引こうとすると、手首を掴まれてしまう。久隅は神谷の表情を愉しみながら、味わうように掌を舐めた。指と指の狭間を舐められる感触と視覚に、腰のあたりの皮膚がざわりと粟立つ。

「いい加減に、しろっ」

指先を骨まで溶かすようにしゃぶってから、久隅が言う。

「礼は、ゆっくり明日にでもしてもらうかな」

「日曜も仕事だ」

「なら、明日仕事が上がったら俺の携帯に電話しろ」

「……」

神谷は苦い顔をして見せると、久隅を押し退けて車を降りた。歩道の人波に交じり、木内が待つ駅構内へと向かう。

なまめかしい舌の感触が残る濡れそぼった手をギュッと握り締めて、感覚を消し去ろうとする。それでも、腰のかすかな疼きはしつこくあとを引いた……。

土曜に引きつづき日曜も、神谷は夜まで、木内とともに都内を何箇所も回った。

久隅とのことや暴漢のことが意識に巣喰っていたせいか、木内と少し自然に接することができた。

仕事のほうも思いのほか順調に運び、いくつかの担当事件の内実を掴むことができた。

休日を潰しただけの価値のある、充実した二日間だった。

……こんなふうに木内と一定の距離を保てるのが、ベストのかたちなのだろう。四六時中行動をともにする仕事のパートナーへの片思いなど、自虐趣味もいいところだ。

帰りがけ、木内に酒に誘われた。ひとりの家に帰りたくないのだろう。気持ちが揺れたものの、神谷は先約があるからと断った。

いつも親身にしてもらっておいて薄情な話だが、距離を取るのが、自分のためにも木内のためにも、結果的には正解なのだ。……自分にそう言い聞かせる。

木内と別れてから、久隅の携帯に電話をした。すぐに電話は繋がり、久隅から赤坂の料亭の名前と場所を教えられた。会わせたい人がいるから、そこに来いと言う。


白川砂と黒砂利が敷きつめられた、四角い中庭。その隅に置かれた石灯籠の灯が、シュロチクのすうっと扇状に拡がる葉を濡らすように照らしている。

ゆかしくも渋味のある佇まいの、数奇屋《すきや》造り。久隅が指定した料亭だ。女将《おかみ》に導かれて、神谷は奥へと廊下を進んでいく。

「お連れ様がいらっしゃいました」

床に膝をついた女将が、すいと襖《ふすま》を開く。

「ああ、神谷さん、お疲れ。ここに座れよ」

胡坐《あぐら》をかいて卓についている久隅が、自分の横の座椅子を示す。

「……失礼します」

奥に庭を臨む、十二畳ほどの和室には、久隅のほかにふたりがいた。

席に着いた神谷の正面に座しているスーツ姿の男は、三十代前半ぐらいだろうか。闇を凝《こご》らせたような漆黒の髪と目がひどく印象的で、彼の周りの空気には微塵《みじん》の隙もない。

もうひとりは、二十歳そこそこといった感じの青年だった。青灰色のジップアップセーターにジーンズというラフな格好をしている。顔立ちには硬質な綺麗さがあり、肌も髪も色素が薄い。彼は重たそうな睫を自然な感じに伏せていた。

「神谷さん、こちらが岐柳組四代目になられる円城凪斗《えんじょうなぎと》さんと、そのボディガードの角能《かどの》さんだ……凪斗坊ちゃん、角能さん、こちらが安浜さんを担当してる神谷検事で、俺の高校時代の先輩でもある」

久隅の紹介の頭のところで、神谷は目を見開いた。

——岐柳組四代目……この子が？

夏に、四代目の座をめぐって岐柳組で騒動があったことは、久隅から聞いていたが、よもや争いに勝ったのがこんな少年の匂いを残すような若者だとは思ってもみなかった。

思わず円城凪斗を見つめてしまっていると、ふいに青年の丸みのある瞼がするりと上げられた。現れた淡色の瞳が、真正面から見返してくる。

「……っ」

ぞくりとした。

なんだろう？　表情自体は穏やかなものなのに、瞬きすらできなくなるような強烈な圧迫感を青年から感じる。

――こんな目は、見たことがない。

目は心の窓だ。これまで、数えきれない被疑者の、時には凶悪犯の目を覗き込んできた神谷だったが、いまだかつてこんな瞳と対峙《たいじ》したことはなかった。

まるで爬虫類《はちゅうるい》のそれのような、静かな獰猛さを滴らせる瞳。

――……爬虫類といえば、たしか岐柳組の当代は「岐柳の大蛇《おろち》」という通り名だったな。親が蛇なら、子も蛇か。

その昏く煌めく双眸を見つめていると、ふうっと深淵《しんえん》が口を開ける。それに、呑み込まれそうになる。気のせいでなく、神谷の体温はいくらか下がった。悪寒にも似た痺れが背筋を這う。

「安浜さんがお世話になってるんですね。どうか、よろしくお願いします」

掠れぎみの声でそう言うと、凪斗は自然な笑みを浮かべた。

とたんに、瞳の呪縛が解かれる。

目の前にいるのは、綺麗で感じのいい、ただの若者だ。狐に抓《つま》まれたような気分になる。

「その安浜さん絡みで、昨日、検事さんの家に加納組の人間が侵入したと聞きましたが……」

凪斗に確認されて、頷く。

「ええ。すんでのところで久隅に助けられました」

お猪口《ちょこ》を舐めながら、久隅が言う。

「携帯が繋がったままだったから、脅し文句は聞かせてもらった。神谷さんや家族に、ナンかするのしないのって喚《わめ》いてたな」

「こういうことも、検察の仕事にはつきものだ。一応、自宅と実家の所轄にパトロールの強化を頼んでおいた」

「でも、それだけでは心配ですよね？」

凪斗はそう言って、横のボディガードに視線を送った。目で頷き合うような間ののち、角能という男が初めて口を開いた。

「岐柳組に関わる脅迫ということで、こちらのセキュリティサービスから警護の人間を派遣させていただきます」

言いながら、名刺入れから一枚を抜いて、黒檀の卓上へと滑らせる。

「八十島《やそしま》セキュリティサービス……ですか」

「岐柳組組長直属の警備会社で、費用のほうは全額、組が持ちます」

やくざが検事とその家族を護衛するというのか。神谷はさすがに苦笑を浮かべた。

「お気持ちはありがたいですが、立場上、利用したら問題になります」

「神谷検事」

角能が闇色の瞳で見据えてくる。

「なにかあってからでは手遅れですよ」

これでは、まるで脅しだ。神谷の背筋は強張った。

一見すると上等な堅気の男のようにも見えるが、この角能という男もまた、紛れもなく極道者なのだ。

妙にずしりと重くなった部屋の空気を払うように、久隅が神谷の肩をポンと叩いた。

「八十島セキュリティサービスは、たしかに岐柳組のエダだが、政治家先生だって利用してる一流サービスだ。変な心配はしないで任せればいい」

「しかし、そういうわけには……」

久隅が神谷へと顔を寄せて、耳打ちする。

「妹になにかあったらどうする？　女子高生なんていい餌食《えじき》だぞ」

「……」

「鍵は鍵屋、やくざ対策はやくざに限る」

結局、神谷は自身の警護は遠慮したものの、実家の家族については八十島セキュリティサービスに頼むことにした。検事がやくざとこういう繋がりを持つのは避けるべきだが、かといって警察がどれだけのことをしてくれるかというと、あまりに心許《こころもと》なかった。

場は、そのまま酒を飲んで他愛《たわい》もない会話——といっても、暴力団関係の話題がメインだったが——をする流れになる。

考えてみれば、久隅の叔父にあたる桜沢宗平は円城凪斗の後見人になるという話だったから、この三人は親密な間柄なのかもしれない。リラックスした酒の席だ。

特に岐柳組四代目を張るらしい青年は、酔いが回っているのか無邪気なものだった。さっきから、日本酒で濡らした指先をしきりに黒檀の卓上に滑らせている。神谷はなんとなく、酒で描かれる線を眺めていたが。

ふと、その無数の線が絵になっていることに気づく。

すらりと伸びる葉に、焔《ほむら》のような花。それらが何十と描かれていたのだ。生き生きと群生している、これは……。

「燕子花《かきつばた》」

思わず呟くと、凪斗がパッと目を上げた。そしてにっこり笑って、頷く。

「さすがは日展画家さんだ。酒のラクガキでも見事なもんだな」

久隅が唸る。

「日展……？」

「ああ、神谷さんには言ってなかったか。凪斗さんは美大生で、二年前の日展で入選してるんだ。それがまた鳥肌モンの絵で、タイトルは『樹《き》の林檎《りんご》』っていって——」

「久隅さん、そんなよけいなこと説明しないでください」

凪斗が掌で燕子花をさーっと消しながら言う。

「俺はただ好きだから描くだけで、日展とかもう関係ないんですから」

そう言う青年の伏せた目元に、わずかに寂しげな翳《かげ》が落ちる。その翳を振りきるかのように、凪斗はお猪口を呷った。乱暴に呷ったせいで、彼のふっくりとした質感の唇から酒が一条、顎へと伝う。

「凪斗」

横の角能が、すっと手を青年の口元へと伸ばした。親指の腹で、顎から唇へと酒を拭っていく。

凪斗は睫を上げて、ボディガードをじっと見つめた。

……その淡い色の虹彩に、とろりとした甘みが滲んでいるように見えるのは、気のせいだろうか？　角能のほうもまた、鮮やかな二重の目をまっすぐ凪斗に向けている。

なにか濃密な秘め事を覗き見ているかのような感覚に、神谷は思わず視線を外した。そして、外した視線の先、久隅がにやりと笑みを浮かべる。

「昨日の礼をたんまりしてもらいに、そろそろ移動するか」


「…………つっ、あ」

冷たい鉄を握り締める。味わうようなのったりした律動、深く突かれて、身体が浮き上がりそうになる。浮き上がって、いまにも遠い地面に放り出されそうで。恐ろしさに、フェンスの鉄柵をかじかんだ手で握り締めなおす。

忙しない呼吸。次から次へと、白い靄《もや》が生まれては消える。

「なか、すげぇ熱い」

男の恍惚の溜め息が、項を温める。

「寒い、怖いって、ピクピク震えながら俺に喰いついてるぞ」

「うるさ——は、っん」

コートの下へと乱暴に入ってきた男の手が、神谷の剥き出しの下腹、ペニスの付け根を卑猥に揉む。

「こんなとこまで垂らして、濡れまくりだな」

「……っ」

「おい、神谷さん、そんなに噛みつくな。ヨすぎる――」

久隅に謀《はか》られた。

料亭を出て、会社に取りに行きたいものがあるからと、歩いてすぐの久隅の会社に寄らされた。屋上からの夜景がなかなかだから見せたいと言われて、誘われるままに階段を上った。

夜景はたしかに凄かった。六本木上空の闇はネオンに赤らみ、星を掻き消している。だくだくと道路を流れるヘッドライトの光。大気が冷えている分だけ屈折は少なく、ひとつひとつの光はシャープだった。

基本的にこの屋上は人が上がることを度外視して造られているらしく、給水タンクや避雷針などが色気なく置かれていて、殺風景だ。屋上にぐるりと巡らされた柵は、神谷の臍《へそ》までしか高さがない。

……そんな場所で、久隅は身体を求めてきた。

いくら深夜のビルの屋上で、見る者がいないとはいえ、外でことに及ぶのは嫌だった。

これまで、屋外でした経験はない。

ロングコートの裾を捲《ま》くられ、スラックスを下ろされそうになって、さすがに神谷は本気で抵抗した――しようとした、けれども。

「愛しの事務官さんに、あんたの気持ち、バラすぞ」

いたぶる声で脅される。

スラックスと下着を腿の途中まで引き摺り下ろされ、夜景のほうを向いてフェンスを掴まされた。

「つ、入らねぇな」

真冬の寒さと、高所の恐怖と、外でする羞恥に、神谷の窄まりはグッと口を閉じてしまっていた。けれど、久隅は諦めてくれず、避妊具を自身に装着し、ふたたびバックから性器を押しつけてきた。薄いゴムにまぶされたジェルがにゅるにゅると襞を濡らし、力を奪っていく。

「あ……ぁ」

亀頭の先が狭い孔に入っては抜ける。少しずつ、深く、乱暴に、貫かれていく。根元まで挿入し、何度か腰を振って内壁をジェルで潤ませると、久隅はいったん陰茎を引き抜いた。そして、避妊具を外して、生で突っ込んできた。

久隅のあまりの熱さに、神谷は大きく身震いする。外気に触れている皮膚の表面は凍りつきそうなのに、身体の芯は久隅の熱を感染《うつ》されて火照っている。

靴裏がコンクリート打ちの床から浮いてしまうぐらい深々と挿入されれば、上半身が大きく柵を越えてしまい、落下の恐怖が押し寄せてくる。恐怖に比例して、神谷は久隅の雄に粘膜で必死にしがみついた。

締めつけられる久隅のほうは、とても悦《い》いらしい。神谷の肩に顎を乗せて、白い息を荒々しく吐きながら、囁いてくる。

「神谷さん、一緒にとことん堕ちてみるか？」

自分の目が、自棄の酩酊《めいてい》に淀むのを、神谷は感じる。

根元まで繋げて動きを止め、背後の久隅がどんどん体重をかけてくる。もしいま神谷が手の力を緩めれば、本当にふたりでダイブすることになるだろう。

強烈な誘惑と焦燥感に、身体の芯が滾った。性器から零れた蜜が、透明な糸を縒りながらコンクリートに滴る。

服の下、腕が引き攣れ、熱の籠もる筋肉が震える。

持ち堪えようか……それとも、楽になってしまおうか……。

キリキリと体感が跳ね上がっていく。膝がガクガクと震えて。

「つ、あ!!　ううっ…」

腕の力が抜ける。

夜景の光の束が、ぐらっと揺れた。

身体ががっくりと前にのめり、宙へとずり落ちようとする。胃がふうっと浮き上がる体感。落下への恐怖が、快楽の針を一気に撥ね上げた。下腹から白濁が迸《ほとばし》る。

絶頂に戦慄く神谷の身体を、強い腕が捕らえた。

上体がぐいと引き上げられ、背後から骨も肉も内臓も潰れそうなほどきつく抱きすくめられる。

「危ない男だな、あんた」

失いかけたものを確かめるかのよう、久隅は双嚢まで捻じ込まんばかりに、神谷に深く入り込む。茎から残滓《ざんし》を漏らしながら、神谷は狂おしくうねる粘膜で男に絡んだ。無言のまま互いに結合部分をもどかしく捏ね合う。

抱き締めてくる男の硬い腕が、びくっと震えた。

「く…久隅っ……熱い——あっ」

これ以上ないほど奥深くで、神谷は久隅の精液を受け止めていった。

＊＊＊

流れる紫煙は冷気に分解され、闇に溶け崩れていく。

コンクリートのうえに投げ出された男の長い腕を、久隅は眺めていた。衣類の下に隠されている腕は、さっきまでの酷使に熱を持っているに違いない。

その腕が、だるそうに動いた。乱れた黒髪を掻き上げて、横倒しだった身体を仰向けに伸ばす。コートの上からでも、細身ながら男らしい色気が伝わってくる身体だ。そもそも骨格がしっかりしていて、綺麗なのだ。

この身体を押し開いた感触を反芻《はんすう》する。

凍え死にそうなほど寒いが、煙草はこの上なく美味かった。

「なぁ、神谷さんさ、高坊のころのほうが腕の筋肉あったんじゃないのか？」

鉄柵に凭せかけた背を神谷のほうに大きく傾けながら指摘する。

眼下で、切れ長の目が開いた。雨を受けて濡れ濡れとした黒い石のような瞳だ。さっきまでの激しい交情の名残に、目の縁の粘膜がほのかに染まっている。

「……そうだな。もう右と左の太さも大して変わらない」

「弓やってると、右腕ばっかりぶっとくなるからな」

「ああ……女の子の部員たちは、かなり気にしてたっけ……久隅は、いまでもいい身体をしてるな」

「週二でボクシングジム通いをしてる。この稼業は、昨日みたいなガチンコ勝負があるからな」

わずかにおどけを含んだ口調で言うと、神谷がちょっと笑った。

おととい、木内の名前を寝惚けて呼んだときは、本当に殺してやりたいぐらい憎たらしくなった相手だが、いまは互いに自然な感じだ。

――そういえば、こんな空気になったことが、昔もあったな。

そんなことを思っていると、どうやら神谷も同じことを考えていたらしい。

「久隅、覚えてるか？　夏休みに、弓の勝負したの」

眠たげな呂律、静かな声が続ける。

「……学校の道場でひとりで弓の練習をしてたら、たまたま久隅が通りかかって、久隅もちょうど修理から戻ってきた弓を持ってたから、五本勝負で勝ったほうがファンタのグレープを奢《おご》るって賭けをして――」

実は、弓を持っていたのは修理から戻ってきたからではなく、叔父の知り合いの弓の上級者に特訓してもらっての帰りだったからだ。特訓のことは神谷にだけは絶対に知られたくなかったから、嘘をついたのだ。

しかし、学校のフェンス越しに遠目で眺めていた自分に神谷が気づいたときは、飛び上がりそうなほど驚いた。神谷は弓を射るとなればそれに集中して、弓道場の周りで鈴なりになっているファンの女の子たちにすらまったく気づかないようなヤツだ。

それが、一本射終わるや否や、まっすぐ久隅を見つめてきたのだ。

視線に呼ばれるままに校内に入り、弓道場へと向かった。部活の日ではなかったが、神谷は顧問に無理を言って、弓道場を使わせてもらっていたのだという。そして、五本勝負の賭けをすることになったのだ。八月の暑い午後、ファンタのグレープを飲みたいと言ったのは、神谷だった。

久隅はTシャツにジーンズという格好だったが、神谷はきちんと弓道衣を纏っていた。白い胴衣に、黒い袴。凛《りん》とした姿は、見ているだけで暑気を払うようで。

三本、互角で弓を射た時点で、久隅はちょっとした気持ちで神谷に言ってみた。

「なぁ、射礼で片袖だけ抜くやつあるじゃん。かっこいいよな、あれ。やってみれば？」

乗らないだろうと思ったけれどもしかし、「そうだな」と言うと、神谷は久隅に背を向けたまま、胴衣の左袖をすっと抜いた。綺麗に締まった腕が、つるりとした肌質の肩が露わになる。

弓道場の屋根越しに降りそそぐ、きつい陽射し。

蝉《せみ》のうるさい輪唱。

神谷の弓を握る左腕の筋肉や筋が、縺れるように蠢く。

ひたむきな横顔。

矢が番えられ、弦が引き絞られる。肩甲骨が浮き上がる。いくつもの力が激しく鬩《せめ》ぎ合い、神谷の全霊の努力の下で統制されていく。緻密《ちみつ》で真摯な弓だ。それゆえに、とても美しい。

機が熟し、統制が頂点にいたったその瞬間に、矢が放たれる。

高度の緊張と集中から平常へと戻っていく、残心の数秒。

あまりにも、濃密で、それでいてすがすがしくて。

見惚れる久隅へと、神谷が身体を返した。

肌のうえ、薄く刷かれた汗が陽光を散らし、白い肌をほのかに発光させている。喉元、肩、腕、胸――滑らかな胸では、淡い桜色の粒がぷつりと尖っていた。

ふいに久隅は、鳩尾に錐を刺し込まれたような衝撃を受けた。

……いま思えば、それが、久隅が神谷に対して劣情を覚えた初めての瞬間だった。

見事な弓技を見たことによる敬虔《けいけん》な昂ぶりと、俗悪な劣情の昂ぶりとが、混然と縺れ合って、久隅を乱した。

残り二射。久隅は的に矢を当てることすらできなかった。神谷も最後の一射を外したが、久隅の負けだった。学校の近くの自販機でファンタを買い、その冷えた缶を神谷に手渡す。

ネイビーブルーのシャツに白いチノという私服姿、神谷は喉を仰け反らせて、毒々しい赤紫色の液体を呷った。露わな喉仏の動きが、卑猥だった。

自分がもう純粋なライバルとして神谷を見られなくなってしまったことを、奇妙な喪失めいた気持ちで、久隅は噛み締めていた。


「……あの時のファンタは、人生で最高に……美味かった」

あやふやな声で、横の男が呟く。

見下ろせば、神谷は淡く血管の透ける瞼を閉ざしていた。

「こんなとこで寝たら、凍死するぞ」

「………ああ」

ほどなくして、神谷は静かな寝息をたてはじめた。

4

「加納組の暴漢が家に侵入したことを、どうして黙っていたんですか？」

木内が低い声を出すのに、神谷はベーカリーの紙袋を開ける手を止めた。

「……大したことではなかったんです」

「包丁を持って待ち伏せされたののどこが、大したことじゃないんですかっ」

語尾に腹立ちが滲んでいる。

すみません、と神谷は謝る。仕事のパートナーとして、おととい、土曜日の段階で報告しておくべきことだったのは確かだ。ただ、木内に気遣われたり心配されたりすると、その優しさを勘違いしてしまいそうな自分がいて、嫌だったのだ。

木内が大きな溜め息をつく。

日比谷《ひびや》公園のベンチに、神谷と木内は並んで座っていた。降りそそぐ陽射しに、初冬の空気はいくぶん角を和らげている。

このベンチは遊歩道のある高い場所にあり、目の前にしつらえられている木柵のむこう、下方には心字池《しんじいけ》が横たわっている。すぐ横にある官庁街とは、流れる空気もおのずと違う。

木内は青空の下で食事をするのが好きで、時間の許すときは彼の気に入りのベーカリーでサンドイッチを買って、こんなふうに外で昼食を取ることにしている。

「暴漢は、加納組次男サイドの人間ですか？」

「ええ、そうでした」

久隅からの情報によると、加納組は長男の率いる経済やくざと、次男の率いる武闘派とに分裂しているらしい。殺された朝倉は長男サイドの人間で、朝倉が銃で撃たれた現場を目撃したのは次男の配下の者だった。

どうやら長男サイドでは、朝倉殺害が内部の——次男サイドの仕業《しわざ》ではないかと疑っているようで、こちらの捜査に協力的だ。

やや俯きがちに考えを巡らせていると、ふいに木内が神谷の左の頬に触れてきた。ハッと目を上げると、木内と至近距離で目が合った。

「神谷検事、この傷は加納組の暴漢につけられたものだったんですね」

そろりと傷痕を撫でられる。

温かくて、すこしざらついた指の感触……。

「本当に、気をつけてください。神谷検事の身になにかあったら、担当の被疑者たちが困ります」

「そうですね。ただでさえ検事は頭数が足りていないわけですし、気をつけます」

ぎこちない笑みを浮かべて、神谷は木内の指から逃げた。

紙袋からサンドイッチを取り出し、口に運ぶ。生ハムとレタスがたっぷり挟んであるサンドイッチを、機械的に咀嚼《そしゃく》していた神谷はしかし、木内の視線が自分の横顔にそそがれたままなのに気づく。

内面を覗かれないように瞳に力を入れてから、木内のほうに視線をやる。

「なんですか？」

木内が眼鏡のむこうの目尻に笑い皺を刻む。

「神谷検事に担当される被疑者たちは、幸せだと思います」

「……」

「あなたのように無辜《むこ》の人を救おうと身を削っている検事が、この日本にどれだけいるんだろうって、考えることがあるんですよ。だって基本的に、弁護士は被疑者を白に見ようとして、検事は黒に見ようとする。裁判官は無色で見る。そういう意味では、神谷検事のスタンスは裁判官のものに近いのかもしれませんね……どうして、検事になろうと思ったんですか？」

司法修習生のころ、神谷はたしかに迷った。

弁護士になるか、検察官になるか、裁判官になるか。どれも、憎悪の対象である「冤罪」を排除し得る職業だ。

……そう。神谷にとって必要だったのは、遠い過去に刷り込まれた「冤罪」への憎しみを発散させられる場所だった。木内には悪いが、彼の言うような「無辜の人を救おう」などという高邁《こうまい》な志は、自分のなかにはほとんどない。

それは修習生の時点で、自覚していた。

弁護士のように被疑者の「味方」になる姿勢を、自分は持ち合わせていない。……その「味方」になる能力の欠如は、高校時代の久隅との経緯で痛いほど思い知った。だからまず、弁護士という選択肢が消えた。

裁判官。最終的に、真実の在り処を示す仕事だ。けれども、それはあくまで提示された情報——しかも、検察官や弁護士によって、どれだけ歪められ、偏っているか知れない情報だ——をもとに判断を下す作業となる。裁判官という位置から真実を探るのはかなり難しいだろう。

検察官は、唯一、起訴権を持つ。そして、日本において検察が起訴した事件の有罪率は九十九パーセントを越える。それだけ確信を持って起訴に持ち込んでいるともいえるし、反面、有罪にするためならどんなゴリ押しでもする、という強行姿勢の結果ともいえる。

警察から上がってきた捜査報告と被疑者本人の言動とを鑑《かん》み《が》、必要とあらば再捜査を警察に指揮し、あるいは独自捜査を行う。それがもっとも自分の望む姿に近いと思った。だから、司法修習生たちが敬遠する検事への道を選んだのだ。

「私が検察官になったのは、極めて個人的な事情からです。無辜の人を救いたくてなったとか、そんないいものではありません」

自嘲ぎみに質問に答えると、

「あなたは立派な姿勢で仕事に臨んでいますよ」

ちょっと叱るような口調で木内は言い、そして少し声を小さくした。

「……あなたの身になにかあって困るのは、被疑者だけじゃありません」

「え？」

まるで愛しい人間に向けるような笑顔を、木内が浮かべる。

――頼むから。

神谷は目を瞑《つぶ》りたくなる。

――そんな顔をしないでくれ。

「神谷検事になにかあったら、俺もとても困ります」

耳を塞ぎたくなる。

木内への恋情をはっきり自覚してしまってからというもの、彼の優しさや温かさはむしろ神谷を追い詰め、苦しめるものとなっていた。

愛する女性がいる木内が自分の想いなど受け入れるはずがない。そうわかっているのに、勘違いしてしまいそうになる。力を抜くと、想いが口から出てしまいそうになる。

——久隅……。

無意識のうちに、神谷は毒々しい蜘蛛を背負った男を思い浮かべていた。

そうして、なんとか目の前の男を心から退けようとした。


ちょうどサンドイッチを食べ終えたころ、神谷の携帯電話が鳴った。警視庁組織犯罪対策部の佐古田刑事からだった。

斉藤瑠璃香の身柄を、本庁のほうに確保したという。

神谷たちはすぐにベンチを離れ、日比谷公園を官庁街のほうへと抜けた。明治の優雅な佇まいを残す赤レンガ造りの法務省を左手に通り過ぎ、警視庁へと足早に向かった。

「あんないたいけな顔して、ヤー公のイロなんだから。女はわからんなぁ」

佐古田刑事が渋い顔をしながら、マジックミラーのむこうを顎で示す。

取調室の質素なデスクに向かって、女が深く俯いて座っている。……彼女を捜すために似顔絵を作成したときにも思ったのだが、斉藤瑠璃香は、神谷の妹に少し似ていた。いまどきの若い娘らしい華やかさはなく、やや下膨れぎみの愛らしい輪郭をしている。肩にかかる髪は自然な茶色だ。

全体的に純朴な印象で、これならあの安浜が気を許したのも頷ける。

十一月十五日深夜の、安浜と居酒屋で出会った前後のことを訊かれると、彼女はしどろもどろになった。あれは間違いなくなにか隠している。あの様子なら、もう少し質問を重ねれば、口を割るだろう。

「朝倉が安浜に襲われたって証言してた目撃者のほうは、偽証の線が強そうだ」

煙草の吸いすぎか、怒鳴りすぎか。潰れた濁り声で佐古田が続ける。

「今回の件については、とりあえず若様の見立ては、悪くなかったってこったな」

「ご理解いただけて、嬉しいです」

神谷が微笑すると、佐古田はむっつりと顔を歪めた。

「だからって、おまえさんたちの岡っ引ごっこを了解したわけじゃねぇからな」

「また暴漢が現れるかもしれません。今晩から俺が自宅まで送りますよ。なんなら泊まり込みでナイト役を務めましょうか？」

警視庁から検察庁に帰る道で、木内が提案してきた。

……木内と夜をともに過ごしたら、自分はきっと、醜い心で木内の心の隙間に入り込もうとするだろう。ただでさえ、今日は木内の温かさに触れすぎた。踏み止まれる自信がまったくない。

無性に久隅に会いたかった。

醜い心も、木内の温かさも、根こそぎ彼に忘れさせてもらいたい。代償に、この身体を破壊されても構わない。

「先日の暴漢が加納組の者だと割れている以上、そう立てつづけに仕掛けてはこないでしょう。私は大丈夫ですから、心配しないでください」

その日の仕事上がり、神谷は庁舎を出ながら携帯電話をかけた。相手は、久隅だ。なかなか出ない。メッセージセンターに回されるかと危ぶんでいると、ようやく電話が繋がる。

「神谷だが」

『仕事上がりか？』

「ああ」

まどろっこしいやり取りをするつもりはないから、神谷はストレートに告げた。

「今晩、君の家に行く。何時ごろ帰宅する予定だ？」

『突然だな…』

「迷惑か？」

『いや、そうじゃねぇけど——どうした？　片思い中の事務官となんかあったのか？』

苦笑交じりの声。

木内絡みだと見抜かれているあたり、惨めなものだ。

真冬の刺々しい風が、味気ない造りの庁舎からビュッと吹き降ろしてくる。冷気になぶられた眼球が無数の針を刺されたように痛んで、神谷は目を眇めた。そして、携帯電話に短く言葉を投げる。

「私を抱け」

『…………』

少しの沈黙ののち、久隅が笑い含みの小声で言う。

『抱いてくれでも、抱いてほしいでもなくて、抱け、か』

「嫌じゃないだろう」

『ああ、嫌じゃないね。いますぐ突っ込んでやりたいぐらいだ』

変なものだと思う。

木内の温かみのある声より、久隅の性悪らしいザラつく声を聞いているほうが、心が楽になる。

久隅の声に、久隅の存在に触れていると、不安な揺らぎが遠ざかるのだ。けれど、それは心が凪《な》ぐ感覚ではない。むしろ、激しい嵐に巻き込まれて、まともな感情など木っ端微塵《こっぱみじん》に吹き飛ぶといった感じだ。

……だからこそ、自分から木内という存在をもぎ離せるのは、久隅拓牟だけなのだ。

『小一時間で帰るから、適当に時間を潰しててくれ』

携帯を切り、神谷は国会議事堂へと向けて官庁街を歩き出す。永田町《ながたちょう》を横切って、赤坂まで抜けるつもりだ。時間はたっぷりある。

こんなふうにゆっくりと歩くのは久しぶりな気がした。

広い車道を流れていくヘッドライトの光を見るともなく眺めながら、擦れ違う人も疎《まば》らななか、久隅拓牟という男に向かって歩いていく。

彼は、木内への恋情をネタに身体を奪った脅迫者だ。

そしてまた、一種の共犯者でもある。

彼の破壊衝動と、自分の自滅衝動は、褥《しとね》で噛み合う。特注に誂《あつら》えられた歯車のように、見事に噛み合い、歪んだ欲求を満たし合う。

その奇妙に満たされた感覚を記憶から甦らせながら夜道を歩く。

と、ふいにその思いが、一粒の気泡のように胸の深淵から浮かんできた。

——木内さんのところに、真由さんが早く帰ってくるといいな…。

すぐに揺らぐ気持ちかもしれない。

けれども、一時でもそう思えたことに、ただ純粋に木内の幸せを願うことができたことに、神谷の気持ちは不思議な感じに晴れた。

肩の力が抜けて——少し、抜けすぎたのかもしれない。

赤坂のゴミゴミと居酒屋が並ぶ通りから、人気の少ない横道に逸れたときだった。突然、後頭部に衝撃を覚えた。振り返ろうとするが、視界が明滅し、像がぶれる。……もう一度、後頭部をゴッと硬いもので殴られた。

視界が一瞬白く染め上げられ、そして意識が急速に収縮していった。

＊＊＊

すでに、帰宅してから一時間ほど経つ。

神谷はまだ来ない。電話があったのは二時間も前のことだ。霞ヶ関からこのマンションまでは二、三キロだから、歩いたところでとっくについているはずだった。

苛つきながら神谷の携帯に電話をしてみるが、またメッセージセンターに回された。

久隅は携帯電話を座っているソファへと放り投げ、舌打ちした。

木内のことを忘れたい一心で、というのは面白くなかったが、それでもあの神谷礼志が素直に自分を求めたのだ。それは驚くべきことで、なんとも言えない昂揚感を覚えた。

今夜はどんなふうに辱《はずかし》めてやろうかと、悪趣味な想像を膨らませていたというのに。

——いまさら気が変わりました、とか抜かすつもりじゃねぇだろうな。

あるいは。

久隅は鼻の頭に凶悪な皺を寄せた。

——木内といるのか？

神谷が約束をないがしろにするのは、余程のことだ。

自分で誘っておきながら現れず、しかも連絡がつかないということは、説明しづらい状況だからなのではないか。

——電話を切ったあと、木内に誘われて……。

煮え湯を呑まされたような腹立ちが沸き返った。木内といることが確定的なことのように思われてくる。

久隅は、コートと携帯電話、車のキーを乱暴に掴むと、マンションの地下駐車場へと下りた。愛車、ＢＭＷ・Ｍ５に乗り込む。

エンジンをかけながら、どこに向かうか考える。

新橋《しんばし》や有楽町《ゆうらくちょう》あたりの店にいるのか。あるいは自宅に木内を引き込んでいるのか。まず、四谷にあるマンションが留守なのを確かめることにする。

パトカーに捕まらなかったのが奇跡なぐらいの横暴な運転で、零時近い夜道を驀進《ばくしん》する。鳩尾のあたりが、吐き気がするほどムカムカしている。無意識にクラクションを立てつづけに鳴らし、舌打ちする。

……テンションが、すっかりおかしくなっていた。

神谷は、自分をおかしくさせる。昔からそうだった。自分の思いどおりにならないなら、いっそまた首を絞めてやろうかと、本気で思っている。

こんなにも神谷に振りまわされて。

この関係の主導権を握っているのは、いったい自分と神谷、どちらなのだろうか？

シンプルなフォルムの八階建てのマンション。その前の通りの路肩に車を駐《と》める。

エントランスを抜け、ロビー奥のエレベーターに乗り込む。

——もし、木内と家にいたら、どうしてやろうか？

いっそ、木内の前で犯してやれば、少しはすっきりするかもしれない。そんな残忍な想像をしながら八〇七号室へと向かっていた久隅は、思わず前にのめるようにして足を止めた。

男が通路に立っていたのだ。

品のいいキャラメル色のコートを着て、眼鏡をかけた、三十代半ばの男。

木内だ。想定していたはずなのに、すさまじい憤りが体内で膨れ上がった。怒気を足音に籠めて、久隅はふたたび歩き出す。木内がハッとした顔で振り返った。

「あなたは……久隅さんでしたね。神谷検事のお知り合いの」

その爽やかな笑みが、気に障った。久隅は一気に間合いを詰めると、そのまま木内の胸倉を掴み、壁へと男の背を力任せに叩きつけた。木内の眼鏡がズレる。

「ああ、そうだ。神谷さんのお知り合いの、岐柳組のやくざだ」

「……」

「で？　あんたは神谷さんにお呼ばれしてここにいんのか？」

突然の暴力的な扱いに、さすがに気を悪くしたらしい。木内は胸倉を掴まれたまま、眼鏡を直した。正面から見返してくる。その眼差しには久隅が見慣れている、アウトローを疎む色が滲んでいた。

木内は神谷とは、根底のところで違う人種らしい。神谷は外見や雰囲気から、差別的なタイプの人間に見られがちだが、実のところ、彼ほどフィルターを取り払って公平にものを見ようと努めている人間は少ないだろう。

まぁ、神谷が特殊で、木内は並みの男だというだけの話だが。

「いえ、神谷検事の携帯も自宅も電話が繋がらないので心配になって、見に来たんです。先日、神谷検事の家に暴漢が潜伏していたと聞いたので、またそんなトラブルが起きていないかを確かめに」

「……」

木内の心配は、いたって客観的なものだった。

頭に血が上って、神谷が加納組関係のトラブルに再度巻き込まれたのかもしれないという可能性を見逃していた。自分に対して呆れ返る。

——嫉妬で、まともにものが考えられなくなってたってわけか。

「久隅さん、あなたこそ、どうしてここにいるんですか？」

胡乱《うろん》な表情で、木内が訊き返してくる。

「今晩、会う約束をしてたんだ。神谷さんは家にいるのか？」

「いえ、それがどうも留守のようなんです」

これは本当に加納組が絡んでいる線がありそうだった。久隅は乱暴に木内の胸倉を放すと、その場で八十島セキュリティサービスに電話をした。八十島セキュリティサービスは岐柳組専属の警備会社で、従業員はトラブルに対応できるだけのスペシャリストを揃えている。安浜の担当検事である神谷礼志がこの二時間半のうちに加納組に連れ去られた可能性があると告げ、緊急の捜査を依頼する。

それから叔父の桜沢と数人の岐柳組の人間に連絡を入れ、神谷が拉致されていた際の協力を要請した。

「神谷検事を連れ去った者がいたとしたら、加納組の次男の一派でしょうか？」

電話をひと通り終えた久隅に、木内が訊いてくる。

「ああ、十中八、九な」

加納組の次男は武闘派で、岐柳組との全面抗争を狙っている。神谷救出は下手をすれば、その端緒《たんしょ》となるだろう。そうならないためにも、できるだけことを荒立てずに神谷を取り返さなくてはならないのだが……。

エレベーターに足早に向かう久隅に、木内が追い縋る。

「久隅さんは、どうするんですか？」

「俺はこのまま、加納組に乗り込む。話の通じそうなヤツがいるんだ」

「ひとりで、ですか？」

「そろそろ群れて行ったって、意味ないだろう」

木内が腕を掴んできた。

「俺も行きます」

「素人《しろうと》がついてきても足手まといなだけだ。神谷さんは俺が捜しとくから、あんたは家で布団でも被ってろ」

「そういうわけにはいかない！」

「仕事のパートナーだからって、無理すんな」

うざったく男の手を振り払おうとするが、木内は食い下がる。

「神谷検事とは、仕事のパートナーというだけじゃない」

「他になにがあるんだ？　あんたは検事に金魚の糞《ふん》みたいに引っついてる事務官だろうが」

鼻で笑うと、カッとなった木内が口走った。

「そんな表面的な関係じゃない！　神谷検事は以前から俺に好意を――」

しまった、という表情をして、木内が口を噤《つぐ》む。

久隅は立ち止まり、男を凝視した。そして確信する。

――……こいつ、気づいてたのか。

木内は神谷の恋情に、かなり前から気づいていたのだ。

その癖、気づかぬふりをして、生殺しにしてきた。おそらく、この男には、仕事仲間の同性と一線を越えるような思い切りはない。あくまで問題のない範囲で、神谷に粉をかけてきたのだ。

同性とはいえ、神谷は清潔感があり、見た目も並外れて端正だ。一方的に好意を寄せられる分には、気分はよかったのだろう。自分に有利な、安全な恋愛ゲームだ。

それなのに、神谷はこの男との関係を壊さないために、自分に身を投げ出した。この男への想いを抑えるために、みずから進んで恥辱的なセックスに耽《ふけ》ったのだ。

——……神谷さん。

ひどく胸が軋む。

——なんで、こんな並みの詰まんねぇヤツに惚れたりしたんだ。

この男がどれだけ長所を持っていようと、神谷の心をないがしろにして手玉にとったことを、久隅は許せない。自分とて神谷の肉体を好きにしているのだから言えた義理ではないのかもしれない。それでも、どうしても許せない。

蔑《さげす》む眼差しで、木内を射る。

——神谷さんの心を、かならずこいつから引き剥がしてやる。

＊＊＊

重い瞼を上げると、ぼんやりと幾何学《きかがく》模様が見えた。瞬きをするうちに、焦点が定まっていく。高い天井だ。幾何学模様は、複雑に組まれた鉄骨だった。その鉄骨にへばりつくように、二個のライトが不安定な光を放っている。

床は剥き出しのコンクリート。広い空間の端には、コンテナやロッカー、詰まれた木箱が置かれていた。

あまり使われていない倉庫らしい。

……後頭部が脈拍に合わせてズキズキする。神谷は痛みに目を眇めた。

――後ろから殴られたんだったな。

久隅のマンションに向かって赤坂の裏道を歩いていたところを、背後から鈍器のようなもので殴られたのだ。呼吸を整えて痛みを抑えようとしていると、倉庫の観音開きの大きな扉が開いた。

十人ほどのノータイでスーツとコートを纏った男たちが、ぞろぞろと入ってくる。重心を後ろに乗せる歩き方からして、あきらかに堅気ではない。

――加納組、か。

神谷は身体を起こそうとして、ようやく自分の手足が縄で拘束されていることに気づく。手は後ろ手に縛られ、足首も括られている。口には猿轡《さるぐつわ》を噛まされていた。いかにも、拉致監禁されました、というありさまだ。

先頭を切って近づいてきたのは、頬骨の高いいかつい顔をした男だった。加納組の資料として幹部の顔写真はチェックしていたから、彼が加納大毅《たいき》、加納組組長の次男だと、すぐにわかった。二十七歳で、武闘派を率い、長男に内部抗争を仕掛けている男だ。

「おはようさん、検事さん」

三下《さんした》らしき若い男が駆け足で、倉庫の端から折り畳みのパイプ椅子を持ってくる。その椅子にどっかりと腰を下ろすと、大きく開いた膝に肘を乗せる前傾姿勢になり、大毅は床に転がされている神谷を覗き込んだ。

「なんで拉致られたか、もうわかってるな？　せっかく忠告しといてやろうと、てめぇん家まで使いをやったのに、そいつを警察に突き出しやがって」

ペッと唾を神谷の顔のすぐ横のコンクリートへと飛ばす。

「そもそもなぁ、どー見たってうちの朝倉をヤったのは岐柳組の安浜だってのに、クンクンクンクン犬みたいに嗅ぎまわりやがってよぉ。オカシイと思ったら、なんだ、岐柳組の久隅とオトモダチなんだってなぁ？　なぁ、どうせ仲良くすんなら、岐柳組じゃなくてウチと仲良くしようぜ？」

神谷は瞳に力を籠めて、屈するつもりがないことを表明する。

「……おまえら、軽く撫でてやれ」

大毅の言葉に、五人の男たちが神谷の周りをぐるりと取り囲む。次の瞬間、身体のあちこちで衝撃が起こった。咄嗟に腹部を守ろうと身体を丸める。背や脚に、硬い靴がめり込んでくる。背骨を蹴られて、息が止まりそうになった。

大毅が両手をパンッと打ち鳴らすと、蹴りが止まる。

ほんの二、三分の出来事だったのだろうが、身体中が重苦しく軋んだ。肩で息をする。

「どうだ？　俺らと仲良くする気になってきたか？」

「……」

「あのなぁ、そういう態度してっと、てめぇの妹とっ捕まえて、丸裸にして輪姦《まわ》して海に沈めっぞ」

脅しに心臓が引き攣る。しかし、花菜のことは八十島セキュリティサービスが警護してくれている。護りきってくれることを信じて、自分は自分の仕事を遂げなければならない。

神谷の顔に揺らぎが見えないことに、大毅は切れた。バッと立ち上がり、靴先で神谷の頬を蹴った。首がぐきりと横に曲がる。傷めつけられていた後頭部がコンクリートに打ちつけられ、吐き気が込み上げた。

「ん、ぅ」

額に乱れ落ちた髪の下から、朦朧とした目で睨むと、大毅は紅潮した顔をふと歪めた。靴を神谷の顎の下に入れて、仰向かせる。

「んだよ。男のくせに、エロい顔するじゃねぇか…」

凶悪な笑みを浮かべる。

「なぁ、おまえら。どうだ、このお上品なツラ、汚しがいがありそうじゃねぇか？　妹なんてまどろっこしいことしねぇでも、こいつで遊んでやったら、ちっとは素直になるかもしれねぇぞ。おい、ヤス、デジカメ持ってるな？」

ヤスと呼ばれた青年がコートのポケットから、薄い小型のカメラを取り出す。

「よし。現役東京地検の検事さんが、ケツ掘られて泣くとこ、しっかり撮ってやれ」

「う――ううっ」

自分は男だ。犯すなどただの脅しだと思いたかったが、実際に久隅と関係を持ってしまっている身としては、リアルな恐怖を感じざるを得ない。

万が一にも恥辱的な映像を撮られたら、間違いなく、それをネタにこの先ずっと脅されつづけることになるだろう。金品を強請《ゆす》られ、検事としての仕事にまで口出ししてくるに違いなかった。

どうとしてでも逃げなければならない。

「なんだ？　ようやく本気になってきたのか？」

拘束された不自由な身、芋虫のようにもがく神谷を見下ろして、大毅がゲラゲラ嗤う。

「しかしまぁ、お楽しみの前に落とし前をつけさせてもらおうか。いつものヤキ入れの用意をしろ」

命じられて、配下のひとりが倉庫端のロッカーへと走る。

戻ってきた男の手には、鉄パイプと、溶接に使う工事用バーナーが握られていた。

「いまからコレで、てめぇに文字通りヤキを入れてやる。ショック死すんなよ」

バーナーが青い火を噴いた。一メートルほどの長さのパイプの端に、炎が当てられる。鉄が赤く息吹きだす。

――ヤキを入れるって、まさか……。

「検事さんの真っ白な腹を見せてもらおうじゃねぇか」

大毅の言葉に、ふたりの男が飛びかかってくる。抵抗のしようもなかった。ネクタイが毟《むし》り取られ、ジャケットとワイシャツのボタンが弾け飛ぶ。冷たい外気が、あっという間に胸から腹部にかけての素肌から熱を奪っていく。

神谷のすぐ横で、大毅が膝を開いてしゃがみ込む。

「その生っ白い身体のどこに焼き痕をつけられたい？　ん？　この腹か？　胸か？　それとも、ここを焼き潰してやるか？」

言葉とともに、大毅のカサついた掌が肌を辿る。乳首を摘まれて、神谷は思わず身体をビクつかせてしまった。久隅の性戯によって、その小さな粒は性感帯として目覚めさせられていた。

「なんだ？　ここが好きなのか、検事さん？」

大毅は両手を伸ばして、神谷の左右の乳首を捉えた。そうして、親指の爪で擦り剥けそうなほど小刻みに引っ掻きだす。

「……んん、っ」

ほとんど条件反射のように、神谷の身体はビクビクッと跳ねた。耳や首筋がカアッと熱くなっていく。

「女みてぇな反応だな。よし決まりだ。ここを両方とも潰してやる」

「く、ぅ、ふ……っ」

摘まんだ乳首を乱暴に揺すぶられて、神谷は必死に首を横に振った。黒髪を乱して眉を歪め、すっとした黒目勝ちな目を潤ませる神谷を、大毅が好色の眼差しで見つめる。

ふいに胸から痛みが去った。

赤くなってしまった乳首を、今度は小さな乳輪ごと指の腹で包まれる。そうして、円を描くようにやんわりと揉み込まれた。傷めつけられた場所からじわりと甘い波紋が拡がる。

「最後にもう一度訊く。俺と手を組まねぇか？」

甘ったるい疼きに犯されながらも、神谷ははっきりと首を横に振った。

大毅は忌々しげに舌打ちして神谷の顔に唾を吐きかけると、乳首を千切るように引っ張ってから、立ち上がった。

「検事さんの両胸を、じっくり焼いてやれ！」

もがく神谷の身体が男たちの手によって仰向けに押さえつけられる。

赤く焼けている鉄の棒。

胸へと寄せられるそれを、神谷は見開いた目で見つめた………。

＊　＊　＊

「神谷検事の居場所、わかりましたか？」

久隅が愛車の運転席に滑り込んだとたん、助手席で待っていた木内が訊いてきた。

この男は気に食わないが、神谷捜しに同伴するとしつこく食い下がってきたので、仕方なく車に乗せたのだった。

「大黒埠頭《だいこくふとう》の倉庫にいるらしい」

「あの倉庫街か……やはり加納の次男の仕業ですか？」

「ああ」

車を乱暴に発進させる。深夜だから高速をぶっ飛ばせば、そう時間はかからないだろう。気が急《せ》く。

「しかし、加納の長男に訊くなんて、ちょっと俺じゃ思いつかないな」

木内が横で苦笑交じりに呟く。

もし神谷が拉致されたのだとしたら、それは加納組の次男の仕業である可能性が高いと考えた久隅は、次男と反目している長男に訊くという荒業に出たのだった。こんな真夜中に、敵対する組の人間が本丸である加納組本宅を訪ねてきたのだから、加納組の連中は色めきだった。

けれども、次の代目候補である加納の長男、恒毅《こうき》はなかなか腰の据わった男で、久隅を応接用の和室に通すと、一対一で話に耳を傾けた。彼は経済やくざとして頭角《とうかく》を現しているだけあって、頭の切れる冷静な人間だった。

今晩の神谷礼志の拉致について、恒毅は把握していた。弟と無駄な諍いを起こしたくないためにとりあえず静観していたのだが、彼としては東京地検検事を害することを望んではいなかった。警察検察にロックオンされては厄介だからだ。

自分が神谷救出に関わることは内部抗争に直結するから無理だが、できるだけ穏便に神谷を救出してほしいと、恒毅は弟がいつもリンチ用に使う大黒埠頭の倉庫を教えてくれたのだった。

首都高に乗り、車も疎らな高速道路を、羽田《はねだ》空港を右手に驀進する。オレンジ色の低圧ナトリウムランプが点る長いトンネルを一気に走り抜ける。

大黒埠頭で高速を降り、真夜中の倉庫街へと滑り込んだ。見通しのいい広々とした道路を進んでいき、目的の倉庫から少し離れたところで車を駐める。

「うちの下の人間たちも、すぐにここに来る手筈になってる。俺は神谷さんの様子を確かめに先に行く。あんたはここで大人しく待ってろ」

そう言って車を降りるとしかし、木内もまた助手席のドアから飛び出した。

「俺も行く」

「あんたはここで、あとから来る組のヤツらの誘導でもしてろ」

「悪いが、やくざに任せてはおけない」

……いっそ殴って道路に伸ばしておこうかと思ったが、一秒も惜しい。いまこの瞬間にも、神谷は危機的状況にあるかもしれないのだ。久隅はもう振り返らずに、倉庫へと走った。

月明かりの下、直線的な倉庫の輪郭ばかりが際立つ、人気のない埠頭の奥。加納の次男、大毅がリンチに常用しているという倉庫の扉へと、久隅は足音を潜めて向かった。わずかに開いている観音開きの扉の隙間から、明かりが漏れている。そっとなかを覗くと、けっこうな数の人間が輪になって、なにかを蹴っていた。光量が充分ではなく、詳細は見えづらい。

と、パンと手を叩く音が響いた。人の輪が瓦解《がかい》し、手を叩いた男——加納大毅のようだ——が、地に蹲っている人間になにかを話しかける。

「……神谷検事っ」

背後から覗いていた木内が小声で呻く。

倉庫に踏み込もうとする木内を、久隅は押し留めた。

「あそこにいるのは、大毅の取り巻きの、武闘派の精鋭だ。あんたにラフファイトは無理だろう。下手に踏み込んで刺激すると、かえって神谷さんが危ない」

「しかし……」

「うちの連中が来るのをギリギリまで待って、一気に片をつけるのがベストだ。いざとなったら俺が入っていって時間稼ぎをする」

そう諭して、なかの様子を見守る。

大毅に命じられて、下っ端が倉庫の壁際に置かれたロッカーへと走った。鉄パイプと工事用のバーナーが取り出される。

服を乱された神谷の腹部や胸を、大毅がいやらしく触りだす。木内が取り乱した声で訊いてくる。

「鉄パイプを熱して、いったいなにを……？」

「あれでヤキを入れる気だろう」

「そんなっ」

火に炙《あぶ》られて、赤く滾る鉄の棒。あれが神谷の白い肌に押しつけられるのだ。肌を熔かされ、肉を焼かれ、血を燃やされる。身体中の神経がズタズタに千切れるような激痛――

――これ以上は、久隅自身が我慢できなかった。

「おい、あんた」

木内に自分の携帯電話を叩きつけるように手渡す。

「見つからないように車のとこまで戻って、これで堀田の携帯に連絡入れろ。すぐ飛んで来いってケツ叩いとけ」

厳しい声で指示して、木内の肩をどんと突き飛ばす。

そうして、久隅は扉の鉄の取っ手をガッと握った。ギイイィッと軋む鈍い音をたてながら、大きな鉄扉を開け放つ。

男たちが一斉に振り返った。久隅は潮の匂いのする夜風に背を殴られながら、黒いコートを重く翻して倉庫へと入っていく。コンクリートを打つ靴音のひとつひとつに、怒気が漲った。

「うう…」

男たちに仰向けに押さえつけられ、猿轡を嚙まされた神谷が、目を見開く。視線を合わせて、久隅は浅い瞬きで、もう大丈夫だ、と告げる。

加納大毅は久隅へと身体を向けると、胸の前で腕を組んだ。

「岐柳組の久隅じゃねぇか。オトモダチを助けに、格好つけて登場か？」

「神谷さんに、手を出すな。その人はまっとうな素人だ」

「てめぇとつるんでる時点で、まっとうな素人とは言えねぇだろが。検事さんには、こっちのやり方で落とし前をつけさせてもらう」

そう言って、大毅は指を鳴らした。それを合図に、神谷の露わな胸元へとふたたび鉄の熱棒が寄せられる。

「やめろっ！」

空気をビリッと震わす久隅の怒声に、大毅の配下の者たちは思わず動きを止めた。

「麗《うるわ》しい検事さんを傷物にされんのが、そんなに嫌か？」

大毅は眉を上げて、少し考えるような顔をした。そして。

「そーいや、てめぇには『毒蜘蛛の久隅』って通り名があったっけなぁ。その背中に、真っ黒い蜘蛛を背負ってんだって？　あの三代目彫滝の」

いかつい顔に、物見高い表情が浮かぶ。

「なら、ちょっと拝ませてもらおうじゃねぇか」

こっちに意識を向けさせておけば、組の者たちが駆けつけるまでの時間稼ぎができる。

久隅は自身のコートの襟に手をかけた。ばさりと脱いで、コンクリートの床に放る。続いて、ジャケットを、それからベストを脱ぐ。ネクタイを抜き、ワイシャツのボタンを外していく。

「いいガタイだな」

鍛えられた胸部と腹部が露わになると、大毅は揶揄するように言って、口笛を吹いた。

久隅は無表情に両手首のカフスボタンを外して、床にぞんざいに投げた。ワイシャツを脱ぎ捨てる。

そうして、がっしりと引き締まった背を大毅に向けた。

ふざけたような場の空気が、一瞬にして凍《い》てついた。彼らの怖気《おぞけ》立った表情が見えるようで、久隅はかすかに笑む。

生涯ひとつと定めて背負った、覚悟の刺青だ。

ひと針ひと針の苦痛は、この蜘蛛の餌となった。そうやって刺青は、したたるような生命感を帯びたのだ。説得力がないわけがない。

しばしの見入る沈黙ののち、ごくりと唾を飲み込んでから、大毅が口を開いた。

「久隅。この検事さんにヤキ入れられるのが、そんなに嫌なら――その背中を代わりに焼けるか？」

「……」

久隅は肩越し、加納大毅を横目で見据えた。

筋の通った極道者なら、刺青を焼き潰せなどと、おいそれと求めるわけがない。要するに、この加納の次男はチンピラの格しかないのだ。兄の恒毅との器の差は、歴然としている。

瞬きのない目に侮蔑を籠めると、大毅の顔が引き攣った。

「できねぇんなら、構わねぇぜ。そこで検事さんが焼かれるのを見とけ！　おいっ、おまえら、久隅によぉく見えるように、検事さんの身体を起こしてやれ」

男たちに腕や肩を掴まれて、神谷の上体が起こされる。

「こいつの肌をボロ布みたいに焼き潰してやるっ」

大毅が興奮に上擦った声で喚く。

――タイムオーバーか。

久隅と神谷の視線がぶつかった。

神谷は蒼褪めた顔に厳しい表情を浮かべていた。自分に降りかかった災いは自分で引き受ける、という決意が見て取れた。

……だからこそ、その神谷らしい潔い決意が感じられたからこそ、惜しくないと思えたのかもしれない。

――しかし、ここまで惚れ込んでたのか、俺は。

呆れたような、おかしいような気持ちになる。

一生背負いきると心した刺青を、自分は神谷礼志のために潰そうとしているのだ。それに値する価値を、神谷に感じている。

久隅はゆっくりと身体を返して、大毅と対峙した。

そして、告げる。

「いいだろう。俺の背を焼こう」

「……！　うっ、ううっ！」

猿轡の下で呻き声を漏らしながら、神谷が渾身の力でもがきだす。

「っ、おとなしくしてろっ」

コンクリートにうつ伏せに引き倒されても、神谷は暴れた。

「面白くなってきたじゃねぇか。鉄パイプを温めなおしてやれ……おい、久隅。そこに跪け」

久隅は膝を開いて正座をするかたち、ざらりと冷えたコンクリートに座った。

鉄の棒にバーナーの火が当てられていく。棒の端にはゴムチューブが嵌めてあり、そこが持ち手となっている。熱の遮断になるし、殴って折檻《せっかん》するときにも、滑らなくて使いよいのだろう。要するに、リンチ専用の鉄棒なのだ。

赤く焼けた鉄の棒を握って近づいてくる下っ端を、久隅は睨み上げた。そして右手を差し伸べた。

「貸せ。自分でやる」

「そんなこと言って、ソレを振りまわしてズラかるつもりじゃねぇのか？」

「くだらない勘繰りをするな。この刺青は俺の伴侶も同然だ。他人に潰させるわけにはいかない」

「……。おい、検事さんの首にナイフを突きつけとけ。こいつが暴れたら、さっくり切っちまえ」

大毅の言葉を受けて、神谷を押さえ込んでいた男がスーツの内側からナイフを抜き出す。神谷の首のサイドに、刃がひたりと添えられた。

「じゃあ、セルフサービスの焼肉をしてもらうか。そいつに渡してやれ」

久隅はゴムチューブの嵌められた持ち手の部分を掴んだ。

神谷が必死に喉で呻いて、やめるようにと伝えてくる。

両手で鉄棒を握り、グッと臍の下の丹田《たんでん》に力を籠める。割れた腹筋がくっきりと浮かび上がった。

深く呼吸をしてから、息を止める。

鉄棒を握り返して、背へと棒先を向ける。

空気越しに激しい熱が伝わってくる。自分の背で、蜘蛛が蠢いた気がした。その蜘蛛へと容赦なく。

久隅は、自身の背に焼けつく鉄を、押し当てた。

瞬時に身体中の神経が痙攣した。腕の筋肉をぶるぶる震わせながら、手の甲に筋をぼこりと浮き立たせ、久隅はおのれの身を焼いた。

地の底を這うような、低い唸り声が延々と響く。

それは久隅自身の声であり、同時に、蜘蛛の断末魔でもあった。

赤く明滅する視界のなか、久隅はただまっすぐに神谷を見つめていた。神谷は自身の身を焼かれているかのような苦悶の表情を浮かべている。眉を大きく歪め、一重の目を濡らして……その黒い瞳から、透明な雫が溢れた。

——神谷……さん。

久隅は信じられないものを見たような気持ちになる。

泣いているのだ。

あの神谷礼志が、自分のために涙を流している。

偏った心で、自分に添ってくれている。

——ああ…。

これまで感じたことのない完全な達成感が、充足感が、久隅の胸にどっと湧き返った。

それを言葉にするのならば、本懐というものなのかもしれなかった。

本懐を遂げた、喜悦。

このまま全身の神経がズタズタになって事切れても、悔いはないと思えた。

倉庫のなかに、人の肉が焼けていく忌まわしい異臭が漂う。

意識が揺らいだ。

それでも久隅は意志の力だけで身体を立て、姿勢を保ちつづける。その気迫に、倉庫内の人間は皆、完全に呪縛されていた。

激しい耳鳴りのむこうで、久隅は背後に物音を聞く。津波のような……それは、ようやっと到着した岐柳組の者たちが倉庫に雪崩《なだ》れ込んできた靴音だった。

「こらぁ、加納!!」

討ち入りの怒声が轟《とどろ》く。

「久隅さん、久隅さんっ！」

その取り乱した声とともに、久隅の手から鉄の棒が引き抜かれた。

「こんな、こんなひでぇ…すみません、俺らがもっと早く来てればっ」

堀田が背中に触れないようにしながら、ぐらつく久隅の上半身を支える。身体は久隅の意思とは関係なく、硬直し、ときおり痙攣を起こす。

木内もまた、岐柳組の面子《メンツ》とともに飛び込んできた。彼は神谷の許へとまっすぐ走る。

恋しい男に保護されて、涙の伝う神谷の顔がわずかに緩んだように見えて――焼け爛れた背の痛みが、狂った嵐のように激しくなった。意識が急速に削られていく。

苦しい。

呼吸が引き攣る。

最後の意識の欠片が、消えた。

5

安浜章造は拘置期限ぎりぎりまでかかってしまったものの、不起訴で自由の身となった。警察に事情を問い詰められた斉藤瑠璃香が、自分の恋人である加納組構成員が朝倉殺しの犯人であることを証言したのだ。その構成員はすぐに警察によって身柄を確保された。

朝倉殺害は極めて計画的なものだった。

犯行前夜、瑠璃香は恋人の指示どおり、安浜に声をかけ、彼の家に上がり込んだ。そこでビールに睡眠薬を混ぜて眠らせ、翌朝、朝倉を殺害した凶器である銃を恋人から受け取り、安浜の枕元に置いて、部屋をあとにしたのだった。

犯行動機は、おおよそ久隅が読んでいたとおりだった。内部分裂している加納組の経済やくざ派の雄《ゆう》である朝倉は、次男の大毅が率いる武闘派にとって邪魔な存在だった。それで、朝倉を始末し、同時に岐柳組との全面抗争の起爆剤となるように仕組んだのだった。

事件は起訴となり、裁判は公判部検事の手に委ねられた。

「神谷検事、また今日もあいつのところに帰るんですか?」

帰り支度を終え、使い込んだ飴色の革鞄を手にした神谷に、木内が不服そうな顔で訊ねる。

「完治するには、まだしばらくかかりそうですから」

「俺は納得がいきません」

自身も手早く支度を終え、木内が廊下から階段へと追い縋ってくる。

「たしかに、久隅さんが火傷を負ったのは、神谷検事を助けるためでした。でも、検事だって身を挺《てい》して、事件の解明に当たったからこそトラブルに巻き込まれたんであって……そもそも、やくざ同士のいざこざが元凶だったわけでしょう」

「元凶がどうとかいう問題ではないんです。私の気持ちの問題です」

「だから、そんなふうに久隅みたいなやくざに気持ちを動かす必要はないと言ってるんです！」

踊り場で二の腕を掴まれ、無理やり立ち止まらされる。

「ご自分の立場を弁《わきま》えてください。あなたは検事なんです。終わった事件のためにやくざのところに泊り込むなんて、どう考えてもおかしい。そんなしがらみを作って、もしまた岐柳組絡みの事件の担当になったら……」

「なったら、なんですか？」

神谷は厳しい眼差しで木内を見上げた。

「私が、岐柳組に便宜を図るとでも言うんですか？」

「………いえ」

すみません、と呟いて、木内は神谷の腕から指をほどく。

木内の心配はもっともだが、それにしても、神谷が久隅と接するのに過敏になりすぎている気がしていた。

「たしかに久隅は岐柳組の構成員です。でも、それ以前に、高校の後輩で、身体を張って私を守ってくれた恩人なんです。ですから、あまりやくざやくざとひと括りに言わないでください」

きっぱりとした口調で告げると、言葉を返せない木内を置き去りにして、階段を足早に下りていく。

「神谷検事」

声だけが追ってきた。

「どうか、そんなに罪悪感を持たないでください」

霞ケ関から地下鉄に乗り、赤坂見附《みつけ》で降りる。そこから徒歩で、久隅のマンションへと向かう。この半月間、ほぼ毎日このコースを辿っていた。

途中のコンビニで軽く買い物をし、渡されているカードキーを使って、マンションのエントランスを抜ける。淡い緑色をした大理石の敷き詰められた円形のロビーを横切り、エレベーターで十二階へと上がる。

築年数があまり経っていないらしいマンションは、どこもかしこも高級ホテルのように磨き上げられている。かなりの額の管理費を取られているに違いない。

カードキーと暗証番号で鍵を開けて、久隅の部屋に入る。

すでに帰宅しているらしく、廊下の奥のリビングには明かりが点っていた。あれだけの酷い火傷《やけど》を負いながら、結局、久隅は一日しか仕事を休まなかった。解熱剤と痛み止めと化膿止めをざらざらと呑み、きっちりとスリーピースを身に着けて仕事に赴《おもむ》く姿には、副社長の肩書きに相応《ふさわ》しい責任感がある。

しかし、そうやって無理をしているせいか、傷の治りは悪かった。

「ただいま」

ドアを閉めながら声をかけるが、返事はない。リビングに久隅の姿はなかった。その奥の寝室を覗くと、薄暗いなか、久隅はベッドにうつ伏せになっていた。シャワーを使ったらしく、下にスエットを身につけ、上半身は裸だった。

彼の逞しい背中には、大きなガーゼがテープで貼りつけられている。朝晩にそのガーゼを取り替え、患部に軟膏を塗るのは、神谷の仕事だった。

コートとジャケットを脱いでハンガーにかけ、ついでにソファへと乱雑に脱ぎ散らかされた久隅のスーツもクローゼットにしまう。綺麗に手を洗い、バスルームの盥《たらい》に水を溜め、清潔なタオルを持って、寝室へと向かう。

ベッド横に置かれたナイトテーブルの抽斗《ひきだし》から、軟膏と新しいガーゼ、テープを取り出す。

スプリングへと静かに腰かけて、久隅の厚みのある肩にそっと触れる。張りのある肌は、熱っぽい。傷のせいで発熱しているのだ……その熱だけで、神谷の胸は重苦しくなる。

「久隅、ガーゼを取り替えるよ」

低く告げると、久隅の閉じた瞼がぴくりと動く。

神谷は男の背中に手を滑らせ、テープとガーゼを剥がした。露わになる背中。リビングへのドアから流れ込んでくる光に浮かび上がる、痛ましい線状の火傷。

それは刺青の蜘蛛を斜めに貫いている。

背中いっぱいに拡がる巣の真ん中、いまや黒い巨大な蜘蛛は、自らの粘糸に囚われた死骸だった。八つの目はうつろな赤い眼窩《がんか》にすぎない。神谷を怖気立たせた毒々しい生命力は、完全に失われていた。

……罪悪感を持つなと、木内は言ったけれども。

そんなことは、無理だった。

極道に入ると決めたときに彫ったという、刺青。それは久隅にとって、裏道を生きていく決意と矜持《きょうじ》の証だったに違いない。

それを、自分のせいで、潰させてしまったのだ。

久隅の身体と想いを、取り返しのつかないかたちで、損なわせてしまった。

罪悪感は、胸の底から止め処もなく溢れつづけている。水を含ませたタオルで傷ついた背を清めているいまも、心臓がギシギシと軋む。できるなら、目を背けてしまいたい。

「……ん」

生肉のような色をした患部への刺激に、久隅が喉を鳴らす。拭き終わったタオルを盥に入れ、神谷は左の掌に軟膏を搾り出した。ひんやりした半透明の薬を伸ばした掌を、久隅の左腰に置く。そこから右肩へと、傷に薬を擦り込んでいく。痛みに、久隅は完全に目を覚ましたようだった。ぐっと男の広い背に力が籠もり、肩甲骨が盛り上がる。

荒くなっていく、久隅の呼吸。

爛れた肌を撫でながら、神谷は切れ長な目を湿らせてしまう。

……それは久隅の苦痛を思ってのことだったが、同時に邪《よこしま》な連想によるものでもあった。

あまりに似ているのだ。

この呼吸や身体の強張り方は、自分を抱いて絶頂を迎えるときのものに酷似している。

そして実際、久隅の肉体のほうも、必ず間違った反応を示す。患部に載せたガーゼをテープで留め終わるのと同時に、左手首を掴まれた。久隅は身体を横倒しにしながら、神谷の手をスエットの……下着のなかへと引き込む。

硬く脈打っている幹。その先端は、ぬるりと濡れている。

軟膏塗れの手でそれを擦らされて、軽い眩暈が起こる。おかしい。こんなことで欲情する久隅も自分も、おかしい。

「神谷さん」

名前を呼ばれるだけで、なにを求められているかわかる。

この半月間、夜の薬の塗布《とふ》のたびにしている行為だ。

神谷はベッドから腰をずらし、床に跪く。そしてネクタイを肩に撥ね上げ、上半身をベッドに乗せた。男のがっしりした腰から衣類を引き下げる。

反り返った雄の性器が弾み出て、重たげに揺れる。その卑猥な様子に、神谷は耳から項にかけての肌をほの赤く染めた。

睫を深く伏せて、唇を開く。

双玉のそばの根元を咥えて。裏のラインに添って、顔をそっと左右に揺らす。舌先でときおり舐め濡らしつつ、まるでハーモニカでも吹くように、吸っては熱い息を吹きかけるのを繰り返す。

そうして行きつ戻りつしながら、右へと、蜜を滲ませている亀頭へと顔をずらしていく。段差のところに唇の端が引っかかった。いったん唇を離して、今度は先端からぬぷりと咥える。男の性器のかたちに唇を大きく丸く伸ばされて、口角がピリピリと痛む。

口のなかで幹がヒクつくと、同性なだけに久隅が感じているのだろう快楽がリアルに想像できて、神谷はスラックスの下、自身の性器を浅ましく勃ててしまう。それを誤魔化したくて、男の幹を指でさすりながら、さらなる口淫に没頭する。くちゅ……ちゅぷ、という濡れ音が、頭のなかで反響する。反響して、いっぱいいっぱいになっていく。頭の芯がぐつりと蕩けそうになる。

しかし、久隅は行為に耽る神谷の前髪を急に乱暴に掴んだ。口腔深くからペニスが抜かれる。唇を濡れそぼらせたまま、神谷は朦朧とした目で久隅の顔を見る。

「……そんなやらしい顔して、あいつのこと考えてんのか？」

憎悪に染まった表情に、神谷はひるむ。

久隅は行為の最中にこういう難癖をつけてくることが、ときどきあった。

「あいつのモンだと思って、必死にしゃぶってんだろ？」

「ちがうって、言ってる、だろう」

上がる息を堪えながら否定する。

自分は決して木内のことなど考えてはいない。久隅への罪悪感と、猥雑な欲情しか、自分のなかにはない。

けれども、久隅は唇を歪めると、神谷の髪を掴んでいる手を揺らした。

「舌を奥のほうまで、いっぱいに出せ」

「……久隅、本当に」

「早く出せっ！」

苛立ったように恫喝《どうかつ》されて、神谷は唇を震わせた。命令に従って、そろりと舌を出すと、指で摘まれて、大きく舌を剥き出しにされる。

「ほら、あいつのだと思って、味わえ」

久隅は自身を握ると、舌の表面にぐいぐいと亀頭を擦りつけた。大量の透明な滴りが、舌の表面を伝っていく。

「ふ……っ」

「どんなに取り繕っても無駄だ。あんたはいざとなれば、あいつしか見えなくなる」

やわらかな舌に、久隅のかたちを刻まれる。すぐ目の前で、男の腹筋が忙しなく浮き上がる。

「なぁ、神谷さん」

詰《なじ》り倒しておきながら、久隅の声はわずかな甘みを孕《はら》む。

「舌の先を固くしてみろ」

男が望むままに、神谷は舌に力を籠める。すると、その尖らせた舌先へと亀頭の割れ目が押し当てられた。先端の小さな孔を……神谷は自身の意思で、突《つつ》いた。

「つ、く」

短く呻いて、久隅は白い粘液を神谷の舌へと爆《は》ぜさせた。重ったるい液が、口のなかや頬を伝い落ちていく。

……いっそ、このまま犯してくれたら、と神谷は思う。

この身に詰まっている欲情も罪悪感も踏み散らしてくれたら、どんなにかいいだろう？

けれども今日も、久隅は自身の性器をティッシュで拭うと、神谷に背を向けた。真っ白いガーゼが、絶対的な拒絶を示す。

どろりとした白濁に顔を汚したまま、神谷はゆらりと立ち上がって、寝室をあとにする。ぎこちない動きでネクタイを外し、ワイシャツを脱ぎながら、バスルームへと向かう。下腹に巣喰う欲情のせいで、うまく歩けない。

また今日も、シャワーの飛沫に自身の精を混ぜ込み流すのかと思うと、ひどく惨めな気持ちだった……。

＊＊＊

「夜分にお時間をいただいて、申し訳ないです」

久隅が応接室に入っていくと、スーツ姿の男はソファから立ち上がり、軽く頭を下げた。いかにも体育会系上がりらしい、しっかりした体躯ときびきびした動作だ。眼鏡のむこうの奥二重は理知と温かみを印象づける。

この手の派手すぎないイイ男系は、女から本命として人気がある。一途《いちず》に自分だけを愛し、守ってくれるように見えるから、結婚するには理想的というわけだ。しかし案外、こういうタイプこそ裏では相当なタラシだったりするものだ。

「いや。で、なんの用だ、木内さん。会議を抜けて来たんで、手短にしてくれ」

ソファに腰を下ろしながら、久隅はぞんざいに言う。

神谷に関することで訪れたのは明白だったが、木内は直球を投げてはこなかった。

「こんな時間まで会議をなさって、お忙しそうですね」

「やくざ会社の副社長でも、肩書きなりの仕事はしてるからな」

「重責ですね。もう体調のほうは、問題なく？」

背の火傷はいまも脈拍に重ねてズクリズクリと痛んでいるが、そんな弱みを見せるつもりはない。

「お陰さまで」

「……そうですか。それならもう、介護の手は必要ないわけですね」

まどろこしい男だ。

「神谷検事から聞きました。その背中の火傷が治るまで、あなたの家で泊り込みで面倒を見るようにと言われたそうですね。しかし、こうして仕事に復帰されているからには、神谷検事の償いもすんだと思うのですが、いかがでしょう？」

「要するに、神谷さんが俺んとこにいるのが面白くないって話か」

「……神谷検事のことが心配なんです。職業柄、立場というものがあります」

「本当に、神谷さんの心配だけで言ってんのか？」

嘲笑を含めて切り返すと、木内の顔がわずかに強張った。

実に、くだらない。

「あんたが神谷さんの気持ちを知ってながらいいように粉かけてたことを、俺にバラされるのが怖いんだろ？」

木内がぐっと言葉に詰まる。図星というわけだ。

「俺はそんな詰まらない告げ口で、神谷さんの気持ちをあんたから引き剥がそうなんて思っちゃいない。そんななまぬるいことで決着がつけられるとも思ってねぇしな——というか、事務官さん、あんた半端に煽っといて、男を抱けんのかよ？」

「……」

「ああ。どうせ勃たねぇから、無責任に煽ってたんだよな」

「やめろっ。俺も神谷検事も、そんなんじゃない」

思わず、久隅は吹き出してしまった。そのまま肩を震わせる。

「なにがおかしい⁉」

「そりゃ、おかしいって」

笑いながら、久隅は吐き捨てるように言った。

「あんたも神谷さんに『介護』してもらえば、おっ勃っちまうかもなぁ」

木内の健康的な顔色が、カッと赤く染まる。

「神谷検事を侮辱するなっ」

「侮辱じゃない。可愛がってやってるだけだ」

「……っ」

ついに堪えかねたらしい。木内はコートと鞄を手にして立ち上がった。

「話にならない。やはり検事を直接、説得する」

「そうムキになるな。俺なりに、いろいろとケリをつけるアイデアはあるんだ」

久隅が鷹揚《おうよう》に言うと、木内は少し迷うような表情をしたが、

「――失礼する」

感情的なドアの開閉で、部屋を出て行った。

……木内に説得されたところで、神谷は自分のところに来ることをやめないだろう。その確信はある。

神谷は、自分の罪から都合よく目を背けられるような男ではない。

だからこそ、毎晩のように久隅の背に薬を丹念に塗り、口淫をする。その粘膜の熱さや、湿る睫、上気する肌から、神谷もまた欲情していることは知れた。

壊されたがっている。罰してもらいたがっている。けれども久隅は、それを与えてやらない。

本心をいえば、いつだって犯してやりたい。泣きよがらせて、自分にしがみつかせたい。

しかし、そんな刹那的な捌《は》け口として神谷から求められても、意味がない。

あの埠頭の倉庫で思い知らされた。

自分が刺青を焼き潰してすら、木内が現れれば、神谷の目は彼に向くのだ。神谷のなかには、木内への恋情がこびりついている。

――そのお綺麗な想いを、俺が縊り殺してやる。

滾る残忍な衝動を胸に転がしながら、久隅は応接室をあとにする。

と、廊下のむこうから堀田が小走りにやってきた。

「会議が揉めはじめてヤバい感じになってきたんで、久隅さんを呼びにいくところだったんです。事務官の人は、もう帰ったんですか？」

「ああ。しかし、うちも加納組の二の舞にならないようにしないとな」

久隅は苦笑いする。

加納組は結局、あの神谷の拉致事件を端緒に、長男の恒毅が率いる経済やくざ派と、次男の大毅が率いる武闘派との溝が致命的なものとなり、本格的な内部抗争が始まったらしい。敵が共喰いをして弱体化してくれるのは大歓迎だが、しかし岐柳組内部にも、似たような構図は生まれつつあった。

スーツを着て堅気面をできる層と、スーツを着ているだけの荒くれ者の層とが、明らかに分離しつつある。それは、この桜沢ファイナンス株式会社という、岐柳組の一枝のなかでも顕著で、お陰で会議は必ずといっていいほど荒れに荒れる。

学歴の差がそのまま派閥の分け目となっていて、大卒の者たちはそうでない者たちに対して、高圧的な、馬鹿にした言動を取りがちだった。

そういういやらしさは、久隅がもっとも嫌うもののひとつだ。学歴を振りかざすような当たり前のことをしたいのなら、はじめから一般企業に就職すればいい。

任侠には任侠の理《ことわり》や格付けがある。それはたとえ経済やくざというかたちになっても、失われてはならないものなのだ。それを失ったとき、「極道」という道もまた失われるのだから。

久隅自身は、叔父に説得されて大学を出ているものの、心意気や価値観はむしろ型遅れの極道者に近い。

そんな久隅ならばどちらの派閥の者たちからも軽んじられないだろうという理由で、桜沢ファイナンス株式会社を副社長として取り仕切ることになったのだが――社長である叔父は、基本的に岐柳組本部の仕事で多忙なため、会社には滅多に顔を出さない――、会議のたびに恫喝して場を収めるのには、いい加減うんざりだった。

「そういえば、例の調査のほうは進んでるか？」

会議室に向かって歩きながら、半歩後ろを歩く堀田に訊ねる。

「ええ。でも、なんといっても十八年も前のことですから、詳細を調べるのにはもう少しかかりそうです」

「そうか。できるだけ早く報告を上げろ」

「わかりました……あ、もうひとつの頼まれもののほうは用意できました」

堀田はスーツの内ポケットから小さな薄い紙袋を出した。

「水溶性の粉末なんで、飲み物に混ぜてください。無味無臭だから、まずバレません」

受け取った袋を、久隅はスーツのポケットに投げ込む。

「今週末、これを使う。おまえもうちに来て手伝え」

「えっ、手伝うって、カノジョさんに使うんじゃないんですか？　俺、マワしとかはちょっと……」

「誰がマワしなんて詰まらねぇことするか。まぁ、あんまり見られない面白いモンを見せてやるから、とにかく週末は空けておけ」

そう言いながら、軽く堀田の後頭部を叩く。

「はいっ、わかりました」

「さてと、ひと吼《ほ》えしてシめるか」

喧々囂々《けんけんごうごう》の言い争いが漏れてくる会議室のドアを、久隅は勢いよく押し開けた。

＊　＊　＊

枕に片頬を埋めたまま、壁にかけられた時計を見る。

三時五十分。

こうして久隅のマンションで寝泊りするようになってから十七日が経つが、こんな時間に久隅が帰宅していないのは初めてだった。

ナイトテーブルの下部のフットライトのみが、ほのかに寝室を照らしている。時計の音。風が十二階の窓を叩く音。下界で鳴らされている車のクラクションの音は、とても遠い。

フル稼働だったウィークデイの疲れが溜まっていて、心身ともに疲れ果てているにも関わらず、もう何時間も寝つけずにいる。

いつも久隅が陣取っているベッドの右側に向かって寝返りをうつ。

薄闇のなかのがらんとしたスペース。男の重みで沈むスプリングの微妙な角度や、高い体温、規則正しい呼吸音、そして肌から匂いたつ香りがないことが、とても不自然に感じられて、落ち着かない。

……けれど、よくよく考えてみれば、この十七日間のほうが不自然だったのかもしれない。

久隅ほどの精力的な男が、いくら背に火傷を負っているからといって、毎晩零時ごろには帰宅していたのだ。むしろ神谷のほうが、事件現場の立ち合いで遅くなり、二時過ぎに帰ることがあったぐらいで。

だから、久隅の火傷に薬を塗って、そのあと口で奉仕しても、問題なく睡眠時間を取ることができていて、同居のせいで体調を崩すようなことはなかった。

ベッドの横、いつも向けられていた広い背中を思い浮かべると、なぜか呼吸が少し苦しくなる。ゆっくりと息を吸い込みながら、ふと思い至る。

——もしかして、気を遣って、早めに帰ってきてくれてたのか？

「…………」

まさか、あり得ない。

久隅は取り返しのつかない傷を負わせた贖《あがな》いとして、自分にここに泊り込むことを命じたのだ。

あり得ないとは思うけれども、その可能性を消せるものもない。なにか無性に落ち着かない気持ちになって、神谷はベッドから抜け出た。

喉も渇いていないのにキッチンでミネラルウォーターを飲み、尿意もないのにトイレに行く。洗面所で手を洗っていると、黒大理石の洗面台に置かれたフレグランスの瓶に目が行った。

二十センチほどの高さのある、ビルディングのようなフォルムの黒い瓶だ。センターラインには蒼いガラスが嵌められている。

久隅の愛用しているパルファムだ。

手に取ってみると、サイドに「UNDER　CONTROL」という文字が浮き彫りにされている。

その響きも、刺激のある扇情的な香りも、久隅らしい気がする。

大人の男の制御を身に着けつつも、その下ではマグマのように滾る熱がある。暗闇を流れる灼熱の河。

そして自分は、それに沈められたがっているのだ。

この肉も骨も、蕩けて消えてしまえと思う。

……とても、久隅の香りに浸りたくなって。

神谷は蒼いキャップを外すと、左手首にフレグランスを噴きかけた。冷たい触感のあとに、辛みのあるシトラスを主線にしたトップノートが香りたつ。それを首筋に擦りつける。

首筋に手首を押し当てたまま、神谷は折り曲げた左腕を右腕できつく抱いた。少し俯いて、目を閉じる。

「…………久隅」

思い出す。

あの真夜中の倉庫、コンクリートの床に膝をつき、久隅は両手で握り締めた熱棒で、おのれの背を焼いた。誇っていた刺青を焼き潰す肉体と精神の苦しみに、逞しい身体は筋肉や筋を盛り上げ、震えた。

そして苦行のなか、ひたと神谷を見据えていた。

床に引き倒されて首筋に刃を当てられながら、神谷の心は完全に久隅へと吸い込まれた。自分の身を焼かれる以上の、遣る瀬ない苦痛に涙が溢れた。

いまでも、こうして思い出すだけで、心臓が震える。

目の奥が、煮えるように熱い。


「おい、薬を塗ってくれ」

頬を軽く叩かれて、目を覚ます。すでに昼が近いらしい。

カーテンに濾過《ろか》された光が寝室にばらまかれていた。久隅の顔や髪、腰にバスタオルを巻いただけの逞しい裸体にも、透度の高い粒子が降っている。

自分の視神経に物理的な変化があったのかと疑いたくなるほど、見慣れてきたはずの部屋と男は鮮やかに見えた。

彼の左目の下に走る傷痕すら、完璧なアクセントのようで。

——なんだろう……。

木内に対して抱いてきた甘苦しい感情はまだたしかに胸で燻《くすぶ》っているけれども、いま、身体中の細胞が焦げるような想いを湧き立たせているのは、間違いなく、目の前のこの男なのだ。

神谷は自分の感情に戸惑いながらも、身体を起こしながら訊ねた。

「いつ、帰ってきた？」

「ついさっきだ」

神谷と入れ替わりに、久隅はベッドに身体を伏せる。

そのシャワーの湿り気を残す肌からは、かすかにアルコールの匂いが漂っている。朝まで飲んでいたのだろうか？　それとも、女か、あるいは男と一夜をともにしてきたのか…

……。

いつもの手順で、久隅の背を清め、薬を塗布する。もう条件反射のようなもので、このあとの行為を思って、神谷の唇は熱を帯びる。今日は土曜で、久隅から言われていたので完全にオフにしてある。時間をかけて丁寧に愛撫してやろう——無性に、久隅を愛撫したかった。

ガーゼをテープで留め終わると、久隅は身体を起こした。夜はテープで留めるだけだが、朝は包帯を巻いてガーゼを固定する。神谷は包帯を抽斗から取り出し、男のがっしりした腰から巻きはじめて、右肩にも包帯をかける。さすがにもう手馴れたものだ。

包帯の端を留めてから、神谷は久隅の正面に腰を下ろす。胡坐をかいた男の下腹では、バスタオルが力強く押し上げられていた。

いつものように奉仕しようと、神谷はシーツに掌をつき、上体を伏せた。バスタオルの盛り上がりに口付けようとすると、グッと肩を掴まれ、阻まれた。

「いまはいい」

「このままじゃ、つらいだろう？」

額に流れかかる髪の下から見上げると、久隅は視線を逸らした。ぼそぼそと言う。

「これから、客が来る」

「この家に？　それなら、私は外に行っていたほうがいいか」

「いや、神谷さんにはここにいてもらわないと困る」

「え？」

身体を起こすと、至近距離で久隅の視線が戻ってきた。睨むように見つめてきて……唇に重い圧迫を感じた。少しかさついていて、温かい。

甘い波紋が胸のあたりにじわりと拡がる。男のしっかりした肉質の唇が、感触を味わうようにゆるやかに蠢く。

「……ん」

上唇と下唇を交互に甘噛みされて、神谷は眉根を寄せて目を伏せ、かすかに喉を鳴らす。そして、久隅のたっぷりした下唇を咥えて、ゆるく吸った。呼吸が自然に弾んでいく。

思えば、久隅と唇を重ねるのは久しぶりだった。ここで寝泊りするようになってからは、一度もしていなかったし、それ以前も喰い殺されそうなキスを数えるほどしかしていない。

唇での戯《たわむ》れに溺れていると、客が来るからとフェラチオを断ったくせに、久隅は神谷の寝間着のボタンを外しはじめる。乱暴に前を開かれ、肩を剥き出しにされる。腕を抜かれ、上半身が露わになったところで、久隅はキスをやめた。

そして急に、神谷を突き飛ばした。

神谷の身体が倒れ、スプリングにめり込む。二の腕を掴まれて、うつ伏せにされる。体重をかけて乗せられた男の膝が、背骨を折らんばかりに圧迫してくる。苦痛と息苦しさに、神谷は声を搾り出した。

「久隅、痛い……なにを……」

「主役不在じゃ、話にならないからな」

久隅は不穏な忍び笑いをしながら、ベッドのうえに転がっていた包帯を手に取る。

背中で腕を組むようなかたち、神谷の両手首が包帯できつく後ろ手に縛られる。そうして、今度は仰向けに引っ繰り返された。寝間着のウエストを下着ごと掴まれる。

「やめ……っあ」

一気に足首まで衣類を下ろされ――――。

暴かれた下腹の状態に、久隅が唇を歪めた。

半端な角度ゆえにかえって天井へと直立している茎。

「そんなに俺のキスがよかったか？」

久隅は、その側面を指先で立てつづけに弾いた。ジンッとした痛みと痺れ……そして甘みが、弾かれるたびに腰に拡がっていく。背筋が強張る。神谷は腰を捩って、なんとか意地の悪い指から逃れようとしたが。

「色っぽく腰を揺らして、誘うな。メインの前にぶっ込みたくなるだろ」

「メインて……なにをするつも――――ん、っぐ」

口のなかに大量のガーゼを突っ込まれる。吐き出そうとする口に、包帯で猿轡を噛まされた。

「しばらく後ろ使ってないから、ほぐしとかないとな」

閉ざそうとする神谷の腿のあいだに手が捻じ込まれる。後孔の口をぐりぐりと指の腹で押された。力を籠めているのに、細かな襞は少しずつまくれ、男の指に絡みだす。

「ほら、ちゃんとしゃぶれ」

長い中指が、力強くくねりながら粘膜を貫く。

「む、ぅ、うっ！」

「……なんだ。ずいぶんと、いい感じだな」

ずぶずぶと指を動かしながら、久隅は眉を上げた。

「なぁ、もしかして毎晩フェラしたあと、風呂場でここをいじってたのか？」

「……」

興味深げに覗き込んでくる瞳から、神谷は視線を逸らし、長い睫を伏せた。動揺しまいとしたが、耳が熱くなっていく。そうして蠢動《しゅんどう》する粘膜が、いつも自分の指にするように、久隅の指を奥へと導くように吸い込んでしまう。

「マジかよ」

本当に驚いているらしい声の響きに、いたたまれなくなる。久隅の指を体内から抜こうともがくと、意外なほどあっさりと指が引き抜かれた。咥えるものを失った内壁が、恨めしげに戦慄く。ヒクつく会陰部を指先で撫でながら、久隅は嗜虐の笑みを浮かべた。

「そんなに男が欲しかったのか。ずっと放っといて、悪いことしたな……でも、悦べ。今日は嫌ってほど喰わせてやる」

そう言って、久隅は火傷用の軟膏のチューブを手に取り、キャップを開けた。何気ない手つきで、それを神谷の脚のあいだに差し込む。

「ん、んうっ⁉」

異物がぐっと蕾を割った。プラスチック製のチューブの先端が内臓に結合する。久隅がチューブの腹を押すと、体内に冷たい軟膏がぐにゅりと溢れる。そのぬめりに乗じて、チューブの胴体のほうまでが捻じ込まれた。

「……っ、う、うぅっ」

長さが十数センチある大判のチューブを、ほとんど体内に埋められてしまう。

久隅は壁の時計をちらと見ると、チューブの尻から指を離した。

「そろそろ、ヤツが来るころだな。俺も服ぐらい着とかないとな」

体内の異物を抜いてもらえないまま、包帯で膝と足首の二箇所を括られる。毛布や衣類が床に放られ、神谷の裸身だけがシーツのうえに残された。

こんな惨めな姿で放置されてはたまらない。久隅に追い縋ろうと、神谷は裸体をなんとか起こそうとしたが、なかのチューブが内壁にぐりっと突き刺さった。淫らな痛みに呻き、スプリングを軋ませる。

どうして、身体の自由を奪うのか？

誰が来るのか？

……これからなにが行われるのか？

必死に瞳で問いかけるのに、久隅は素知らぬ顔でベッドルームを出て行く。硬い音をたてて、ドアが閉ざされる。

それからしばらくしてから、インターホンが鳴った。ベッドルームと隣接しているリビングから会話が聞こえてくる。久隅が「堀田」と呼ぶのが聞こえる。久隅の秘書兼ドライバーの青年だ。

さらに十分ほど経って、ふたたびインターホンが鳴る。今度は誰だろう？　……緊張感に腸圧が高まって、なかのチューブがぬるりと外に出る。その排泄めいた感覚に、腹部が緊張し、肌が粟立つ。半分ほどチューブが抜けたようだった。いっそ排出してしまいたいが、窄まりの襞からうまく力を抜けない。

と、耳に馴染んだ声が、ふいにドアのむこうから聞こえてきた。

「それで、神谷検事はどちらに？」

神谷は身体中を硬直させて、目を見開いた。

――木内……さん？

いや、木内がこんなところにいるわけがない。聞き違いだと思い込もうとしたけれども。

「ちょっと買い物に行ってもらってる。すぐに帰ってくるはずだ。堀田、木内さんにコーヒーでも淹れて差し上げろ」

わざと神谷に聞かせるように、久隅は大きな声で来客の名前を口にした。

神谷の頭から、完全に血の気が失せる。

すぐそこに木内がいる。あのドアが開かれたら、全裸で縛られ、しかも脚のあいだに異物を咥えている姿を見られてしまう。

以前に比べれば、木内への気持ちが鎮静《ちんせい》しているのは確かだ。とはいえ、木内にとっての「神谷検事」というまともな人物像を壊すのだけは、絶対に嫌だった。

――隠れないと。

こめかみがドクドクと脈打つ。鼻腔のみの呼吸が苦しい。

芋虫だか蛇だかのように、神谷は身体をくねらせて、ドアとは反対側のベッドの端へと這いずった。あの窓からベランダに出られる。その端で蹲まっていれば、万が一にも木内が踏み込んできたところで、すぐには見つからずにすむだろう。

逆にベランダに出れば、近くのマンションやオフィスから見られてしまう可能性はあったが、何十何百という他人の目よりも、木内の目に触れることのほうが恐ろしかった。

臀部に異物が挟まっているからベッドに座って体勢を立てなおすことはできない。床に足の裏をつこうとしたが、バランスを崩した。フローリングの床に、大きな物音をたてながら転がってしまう。

リビングにも聞こえたに違いない。

神谷の顔は蒼白になる。

……足音。ドアが、開けられる。

神谷はベッドのすぐ横の床に伏せて、息を止めた。

「ほら、木内さん、足元に気をつけろ」

妙に親切らしい久隅の声と足音が寝室に入ってくる。

「すみません……急に、なにか……」

「疲れが溜まってるんだろう。横になるといい」

ベッドが男の体重を受けて、ぎしりと軋む。木内がベッドに横になったのだ。もし木内が少し身体を起こすなりすれば、このあられもない姿を見られてしまう。

恐慌状態に陥る神谷の裸体に、影が落ちた。

おそるおそる、視線を上げる。

久隅が腕を組んで、見下ろしていた。神谷は無意識に首を横に振った。次第に激しく首を振る。憎悪めいた光が、久隅の双眸に満ちた。

黒いシャツにスラックスという姿の久隅が、床に片膝をつく。

「こいつのためなら、そんなふうに取り乱すのか」

髪を鷲掴みにされて、首を振れなくなる。髪が引っ張られる。身体を起こされまいと抵抗したから、根元から髪がいく本がぶつぶつと抜けた。

「……なに、どうしたんですか？」

妙にだるそうな呂律で、木内が訊く。

ついに神谷の上体は起こされてしまう。次の瞬間、久隅に抱き上げられ――ダブルベッドへと落とされた。

「神谷検事は、かなり寝相が悪いな。ちゃんとベッドのうえで寝ないと」

……こんなことが、現実であっていいわけがない。

白いシーツのうえ、神谷は目を硬く閉ざして、身体を丸めた。木内はいま、どんな顔をしているのだろう？

仕事の同僚である検事が全裸の身体を包帯で縛《いまし》められているのだ。脚のあいだを溢れた軟膏でぬるつかせて。後孔の窄まりがぎゅうっと閉じ、押されたチューブから体内へ軟膏がさらに注入されてしまう。内臓を頼りない感触に満たされる。

「堀田、ドラッグで身体が痺れてるうちに、事務官さんを後ろ手に縛ってやれ」

わかりました、という堀田の声には動揺が滲んでいる。

「や、め、……」

ドラッグというのは、かなり強力なものだったに違いない。いまや木内は舌もうまく回らないようだった。抵抗がスプリングの振動で伝わってきたが、それもすぐに力ないものになっていく。

「神谷さん、目を開けて、ケジメをつけろよ」

――ケジメって、なんのことだ？

それを訊きたくても、口は塞がれたままだ。

頑なに目を閉ざしていると、ふいに上体が抱き起こされた。久隅の胡坐のうえに座らされたらしい。背中にがっしりした胸板を感じる。

膝と足首の包帯が外されて脚が自由になった。右膝の裏に手が差し込まれる。片脚だけ大きく持ち上げられ……。

「んんっ」

自分の取らされた姿勢に気づいて、思わず目を開ける。

「…………検事」

ベッドヘッドに背を凭せかけるかたち、後ろ手に縛られた木内がいた。

眼鏡のむこうの、呆然とした目。それは木内に向けて開かされた脚の最奥へと向けられていた。溢れた半透明の薬剤でベタベタになったそこからは、チューブが半分ほど覗いている。

久隅の左手が会陰部に伸ばされる。体温でぬくまった軟膏を掌でぬるぬると撫で、チューブを食べている蕾を指先で揉む。

「出すところを、あんたの事務官に見てもらえ」

「んうっ」

首を横に振ると、腫れた蕾から萎えているペニスへと手が流れる。こんな、木内に見られている状態で反応するわけがないと思ったのに。

裏筋を育てるように撫で上げられ、亀頭を転がされる。そうしながら、ときおり茎を軽く叩かれる。

神谷の性器は、悦ばせ方を熟知した手淫に、次第に応えはじめた。少しずつ火照り、芯を硬くする。シーツに投げ出されていた左脚が震えた。脈打つ疼きに、身体から力が抜けていく。

ゆっくりと、後孔からチューブが排出された。

……………恥ずかしいというより、それは絶望的な感情だった。

自分をしっかり支えてくれてきた仕事のパートナーに、男としてあり得ない、惨めな姿を晒しているのだ。この姿を木内は決して忘れないだろう。自分を見るたびに、彼は連想するのだ。せめて木内が目を閉じてくれることを祈ったけれども、彼の瞳は神谷の恥部にそそがれたまま固まっている。

最後のチューブの小さな口が抜ける瞬間、神谷は久隅の指に透明な蜜をとぷりと零した。

深く俯き、紅潮した身体を戦慄かせる神谷を抱き締めながら、久隅は乾いた声を出した。

「堀田。その事務官さんの前を開けてやれ」

「あ、はい」

堀田は戸惑いを隠しきれない表情のまま、木内のスラックスの前を開いた。木内はもがいたが、身体に力が入りきらない様子、服を乱されてしまう。下ろされたジッパーから、前を激しく突っ張ったトランクスが突き出た。

「あいつだって、充分、下種じゃねぇか。とは言っても、半分はドラッグの作用だけどな」

久隅が笑い含みに耳元で囁く。初めてセックスを強要されたとき、神谷が『木内さんは、君みたいに、こんな下種なマネはしないっ』と言ったのを覚えていたのだろう。

自分ばかりか、木内まで貶められている。

自分と木内を貶め、踏み躙《にじ》るために、久隅はこんなことをしているのだろうか？　どうして……頭が痺れたようになっていて、まともにものを考えられない。

「神谷さん」

まるで離したくないように、久隅の腕が一瞬ぐっと力を籠めた。

「あんたに必要なのは俺だけだって、その身体で思い知れ」

意味がわからない。久隅の顔を見ようとすると、急に突き飛ばされた。頭を押さえつけられ、うつ伏せの姿勢を取らされる。膝をつくかたち、腰だけを高く上げさせられる——木内に向けて。

その時、神谷はようやく久隅の意図に気づいた。気づいて、必死に暴れた。ガーゼの詰まった口で「嫌だ」と声にならない叫びを何度も上げた。

「なにを、やめろっ！」

木内も抵抗しているようだったが、腕を拘束され、薬で緩慢になっている身体ではままならないようだった。

「堀田、そいつのを掴んで、挿れてやれ」

絶対に、あり得ない、あってはならない行為を強いられる。

軟膏で濡れそぼった蕾に、硬く張り詰めた先端がくっつけられる。堀田によって握られているらしい木内の雄。入ってくるものに、襞が薄く引き伸ばされる。拒む粘膜を抉られ、丸く押し開かれていく。

木内を受け入れさせられた瞬間、肉体よりも精神的なショックに、神谷の身体は瘧《おこり》のように震えた。

「あっ……すごい…っ」

無理強いされた行為のはずなのに、木内が口走る。軟膏にぬめる内壁の痙攣に、激しい快楽を覚えたようだった。

奥へ奥へと、侵入される。

「ほら、腰振れよ」

堀田が少し上擦った声で言う。

「やめろ、っ、駄目だ………っ、く」

木内の声が詰まる。腰でも掴まれて、強制的に動かされているらしい。極限の緊張に硬く狭まっている腔内で、ぎこちない抽送が起こる。

それが少しずつ大きくなっていく。滑らかに、力強く。

信じたくなかったけれども。

「あんたの事務官さん、なかなかの腰使いだな」

久隅の証言に、目の前が真っ暗になる。

どんどん忙しなくなる律動。これは木内自身の意思でしていることなのだ。

「……神谷、検事っ」

木内の震える声は、男の欲に塗れていた。

彼は堕ちてしまったのだ。ドラッグと神谷の身体に負けて。

「神谷検事、すみませんっ」

謝りながら、木内は腰を使う。突かれるたびに、神谷のなかで壊れていくものがあった。

爽やかな笑顔、朗らかな眼差し、落ち着いた強い声、健やかな心。

神谷が大切に思ってきた、木内紘太郎という穢れない優しい人が、砕かれ、ボロボロに崩れ落ちていく。

そして、自分を犯す欲情した男だけが残る。

自身の性欲を満たすことだけに夢中になっている、ただの雄。

もう二度と、自分は木内を以前のように眩しく感じることはないのだろう。

神谷は乱れた黒髪の下から、のったりと久隅を見上げた。あまりにも無残な性交に切れ長の眦をしとどに濡らしながら。

久隅の顔には歪んだ勝利の色があった。神谷は理解する。

——……久隅に、殺された。

木内紘太郎への想いを、完膚《かんぷ》なきまでに打ち砕かれ、葬られたのだ。

「ケジメがついたみたいだな」

優しげにすら聞こえる低い囁きとともに、神谷の口の包帯が外された。唾液に濡れそぼった口内のガーゼを指で掻き出される。それから、手首の拘束も解かれた。

そして、久隅は自身のスラックスのベルトを外した。前を開き、下着を下ろす。激怒しているかのように筋を浮き立たせる、猛った器官。それが神谷の唇へと寄せられる。先走りの滴る亀頭に唇の輪郭を辿られる。

木内に犯されながら、神谷は久隅のペニスに口を抉じ開けられた。

「っ……ん！　ふ、っう」

硬い性器が舌にぐりぐりと押しつけられる。

神谷の姿に興奮を増したのか、木内の動きが激しくなった。下の粘膜はいまだになんとか木内を排出しようと詮無い蠕動《ぜんどう》を起こし、それがかえって男を悦ばせる。

そうして突き上げられるたび、喉奥の弱い粘膜に亀頭がぐっと突き刺さり、えずきそうになる。塞がれた唇の隙間から、唾液と先走りの混じった液がこぷりと溢れた。

こんな男ふたりにいたぶられる行為を心は拒絶しているのに、裏腹に神谷の熟んだ粘膜は男たちを取り込むかのように、ねっとりと纏わりつきはじめる。

身体全部を内側から捏ねまわされるような凄まじい体感。神谷の性器はいつの間にか臍につくほど反りかえり、嬲られるままに激しく揺れた。

茎の中枢が痺れ、先端から散った蜜がぱたぱたとシーツに叩きつけられる。

「こんな――ぁ、もう………っ」

狂ったように腰を動かしていた木内がうわ言のように呟いて、腰をきつく押しつけてきた。

なかに熱い粘液が放たれ、神谷はびくりと背を撓らせた。一滴残らず流し込もうとするかのように、終わっても、木内はなかなか繋がりを抜かなかった。それどころか、強張りを失いきらない性器をふたたびゆるく動かしはじめる。

「嫌っ、だ、ぁ」

神谷は口から久隅のものを吐き出すと、力なくもがいた。

逃げる神谷の臀部に、木内の腰がぐいぐいと押しつけられる。

「おい、事務官さん、調子に乗りすぎだ」

苦々しく潰れた声で牽制《けんせい》すると、久隅は神谷の二の腕を掴んだ。ぐいと身体を引っ張られると、嵌まっていた木内がずるずると奥底から抜ける。

久隅に腰を支えられて、木内のほうを向くかたち、力の入らない身体で膝立ちをさせられた。締まりきらない蕾から溢れる濃厚な液が、筋をヒクつかせている内腿をとろとろと伝い落ちていく。そして、下腹では濡れそぼったペニスが宙に突き勃っていた。

神谷の腰が、久隅によって後ろに引かれる。

バランスを崩した神谷は、久隅の胡坐の膝に掌をつき、そして瞠目した。

摩擦に腫れた襞が、ふたたび男のかたちに押し拡げられていく。

久隅に背後からの座位で、立てつづけの行為を強いられた。

「……っ、あ、あああっ！」

緩慢にもがく神谷の腰が、深く沈められる。最後はもう脚の力も抜け、みずからの身体の重みのままに、ぐうっと根元まで雄を呑み込んだ。

身体中で喘ぎながら、神谷は久隅の胸へと背を預けるしかない。

紅潮した両の内腿に大きな手がかかる。ガクガクと震えている脚を左右に開かされた。

木内のもので脚のあいだと腿をねっとりと濡らしたまま、久隅の逞しすぎる幹を根元まで受け入れている——その神谷の姿を、久隅は木内に見せつけた。

堪えきれずに、かえって恥ずかしいとわかっていながらも、神谷は両の掌で結合部を隠そうとする。

「あんたが誰のもんか、ちゃんと事務官さんに見せつけてやれ」

獣のような荒い呼吸で、久隅が唸るように言う。両手首を、胸の前でひとまとめに片手で掴まれる。

あられもない性交をおこなっている局所を晒したまま、ズンッと下から突き上げられた。

「ふ……うっ、ぁ、あ、っ」

一回一回の突き上げに、意識が揺らぐ。

根元から振りまわされる反った茎が、もどかしくも甘い衝撃に包まれる。

「見る……な」

朦朧となりながら訴えるのに、木内は神谷と久隅のセックスを瞬きもせずに見つめている。その下腹はまた完全に反応していた。

久隅の律動は次第に、神谷がまともに呼吸もできないほど荒々しいものへとなっていく。

木内の放ったものが重ったるい水音をたて、結合部から泡立ちながら溢れた。

「久隅っ――や……っ」

「なにが嫌なんだ？　ぐっちゃぐっちゃ音たてながら俺のを貪り喰っといて」

「違っ、う……あぁ！　っ、ん、ん……」

……自分で強いたくせに、久隅のセックスは他の男に抱かれた神谷を罰したいかのごとき獰猛さだった。

肉体どころか大切にしていた人間関係まで蹂躙され、奪われて。

心も身体も苦痛を覚えて然《しか》るべきなのに、しかし久隅の強靭《きょうじん》な腕に抱かれ、彼の香りを忙しなく吸い込んでいると、爛れた情欲が身体中の神経に絡みついていく。

声帯が、艶を帯びたよがり声を漏らす。

荒い男のリズムに合わせて、腰が淫らに撓る。

粘膜が激しく波打ち、より深い快楽を得られるところへと体内の男を導く。

そうやって神谷のことを昂ぶるだけ昂ぶらせておきながら、

「なぁ、神谷さん。俺と事務官さんと、どっちがいい？」

ふいにすべての動きを止めて、久隅は問うた。

汗の伝う背を男の逞しい胸に激しく擦りつけて、神谷は言外に行為をねだったが。

「答えたら、イかせてやる。言ってみろ」

すげない言葉が耳元を撫でるだけだった。

いきり勃った茎はびっしょりと泣き濡れ、苦しげに先端をヒクつかせている。もう頭がおかしくなりそうで。

「……く……み」

目を閉じて、神谷は呟く。

「聞こえないぞ」

切羽詰っていた。

「──久隅、久隅が、いい…………だからっ」

掠れ声で答え、みずから不器用に腰を蠢かしてしまう。

「可愛いな、あんたは」

ご褒美だ、と囁いて、久隅はようやっと熱い手で神谷のペニスを包んでくれた。

裏の張りに指を捻じ込むようにして茎を擦り上げられ、同時に体内の快楽の凝りを連打される。恐慌状態に陥りそうな強烈な快楽に、神谷の腰はきつく縒れた。

焦点の合わない目を宙へと揺らし、眉を歪める。腫れた唇を声もなく開いて。

神谷は足先でシーツを激しく蹴り、……先端の孔が壊れそうな勢いで、遂情《ちくじょう》した。

飛び散った白濁の数滴は、木内の脚へと降った。

「っ、神谷さん」

痙攣する内壁に揉み潰されて、久隅もまた直後に性器を爆ぜさせた。

爆ぜさせながら、神谷の首を無理やり捻じ曲げさせて、唇を喰い千切らんばかりに奪う。

そして重なったままの唇で呻く。

「俺のものだ……ぜんぶ、俺だけのっ」

それは呪詛《じゅそ》のようでもあり、甘い睦言《むつごと》のようでもあり——懇願のようでもあった。

6

『八十島セキュリティサービスの人たち、なんかね、格好いい人ばっかりなのっ。社長の八十島さんはワイルドーって感じで、たまに来る折原《おりはら》ちゃんは大阪の人で楽しくってね、花菜に一番ついててくれてるのは山根《やまね》さんて人なんだけど、年も見た目も、ちょっとお兄ちゃんに似てるんだぁ』

電話のむこう、妹の声は弾んでいる。

加納組から脅しをかけられて二ヵ月ほどが経った。朝倉殺害の件は加納組の構成員が容疑者として起訴されてひと段落したが、まだ予断を許さないということで、引きつづき、八十島セキュリティサービスが神谷の家族の警護に当っている。

妹の花菜は女子高生ということもあって、特に注意してガードしてくれているようだ。岐柳組関係の警備会社であるのは問題だったが、正直とてもありがたかった。

……自分には家族への想いが欠落している、という考えに思春期のころからずっと囚われてきた神谷だったが、今回のことで、いざとなれば父母や妹のことを人並みに……かはわからないが、それなりに心配する自分がいることを知った。

果たして、これまでさんざんエネルギーと時間を蝕《むしば》んできた家族への不全感はなんだったのか？　意味のないものだったのだろうか？

あるいは、十八年をかけて少しずつ、自分でも知らぬうちに心は回復してきていたのだろうか？　あの、粉々に砕け散った状態から。

だとしたら、自分という人間は、意外に逞しいのかもしれない。

『それで、山根さんがね……お兄ちゃん、聞いてる？』

妹が丸みのある頬をぷっと膨らませるのが見えるようだった。

「ああ。聞いてる」

穏やかな声が自然と出た。

『そう？　でね――え？　なに、ママ………もう、花菜が話してるのにぃ。わかったよ。あ、お兄ちゃん、ママが代わりたいってうるさいの。ね、たまには家に帰ってきてね。花菜、会いたいよ』

いまなら、妹が過剰に自分に甘える理由がよくわかる。

「他人」でなくなるために、彼女なりに一生懸命だったのだ。

自分はどうして、そんな簡単なことがこれまでわからなかったのだろう。目を曇らせないように、真実を見誤らないようにと、そればかりに意識を支配されてきた。

その結果、家族のことも正しく見られていなかったのだ。

「来月にでも一度帰るよ」

『うん！　じゃあ、ママに代わるね』

母親は、花菜に風呂に入るようにと促してから、電話口に出た。

『礼志、お仕事のほうは相変わらず、忙しいの？　体調を崩したりしてない？』

「そんなに心配しなくて平気だよ。もういい大人なんだ」

『そう言われてもね、心配になっちゃうのよ。だって昔、具合悪くても我慢して、なにも言ってくれなくて、気がついたらひどい熱を出したりって、よくあったじゃないの』

いまの家族を敵だと思い、弱みを見せてはいけないと肩肘を張っていたころの自分が思い出された。

「……そんなこともあったかな」

少しの沈黙が落ちてから、母親は声をひそめるように訊いてきた。

『今年の……お父さんの命日は、どうするの？』

年に一度だけひそかに交わされる、「他人」の交ざらない、血の繋がった母子ふたりきりのやり取りだ。壁のカレンダーを見る。今年の二月八日は木曜日だ。

「平日は無理だから、その週末にでも時間を作って行ってくる」

『……そう。母さんは、命日に行ってくるわね』

「ああ」

電話を切ったあと、改めてカレンダーの西暦を見つめる。

血の繋がった実父が死んでから、十八年が経とうとしている。

＊＊＊

デスクの抽斗から煙草の箱を握り出す。箱をぐしゃりと握り潰して、書類の散らばる机上へと放る。

それを見て、副社長室の端に置かれた秘書用デスクで、堀田が眉を顰《しか》めた。

「久隅さん、吸いすぎですよ」

「そうか？」

「ですよ。それ、今日ふた箱目です。ここのところ、一日で三箱以上は吸ってます」

「ちまちま数えるな。うざったい」

眉間に皺を寄せて、咥えた煙草に火を入れる。うまくもない煙をふかす。

「いくら神谷さんにフラれつづけてるからって…」

ブツブツ言いながら、堀田は朴訥とした顔を、ちょっと赤くした。

神谷の名前を口にするとき、必ず堀田は心地悪そうにする。例の乱交を思い出すのだろう。まぁ、同性同士のセックスを見て愉《たの》しい男はそうそういまい。堀田は多少の興奮は覚えたようだが、行為が佳境に入ると、こっそり寝室を脱出した。

「けど、なんか意外でした」

「3Pがか？」

「そうじゃなくて！　……いや、それもありますけど――久隅さんて、これまで女の扱い適当で、乗り捨てばっかしてたじゃないっすか」

「神谷さんは女じゃない」

「そうですけど。なんていうか、尻を追いかけまわすようなのって、見たことな……」

横目で牽制すると、堀田が口を噤む。

――尻を追いかけまわす、か。

どうにも気分はよくないが、外れてはいない表現だ。

木内と自分に立てつづけに苛まれた日を境に、神谷は久隅のマンションを訪れなくなった。携帯電話は着信拒否をされているらしく、自宅にかけても留守番電話が応えるばかりだ。いっそ下の人間に拉致させようかとも思ったが、自分が神谷に強いたことを思えば、直接出向くのが筋というものだと思い直し、週に二、三度は待ち伏せをしてきた。

けれど、往来で腕を掴んで立ち止まらせても、神谷は視線すら合わせようとしない。目も耳も、身体全部で久隅を冷たく拒絶するのだった。そうして、久隅の腕を振りほどいて、足早に去ってしまう。

自分らしくもなく、ずいぶんと紳士的な姿勢を貫いてきたが、もう限界だった。

ポケットから鉄の小さな鋳物《いもの》を握り出す。

「……それ、神谷さんの家の鍵っすよね？」

「ああ。いよいよ、これの出番だ」

神谷が泊まりに来ていたころに、彼の鍵を持ち出して、無断で合鍵を作っておいたのだ。

「部屋に侵入して、どうするつもりですか？」

「俺のモンにならないって言うんなら、犯して、拉致して、監禁だな」

「……検事さんを拉致監禁なんて、いくらなんでもまずいっしょ」

「刺青を潰してまで、俺は気持ちを立てた。なまじっかなことで逃がしたりはしない。いっそ、神谷さんの手足をもいで、箱にでもしまっときたいぐらいだ」

「それ、猟奇っすよ」

さすがに堀田の声は引きぎみだ。

「冗談だ」

呟いて、鍵をポケットに戻す。

堀田が微妙な表情、小声で言ってくる。

「けど、俺ちょっと思ったんですけど、まさか神谷さん、事務官さんとくっついちゃったとか、ないんですかね？　ヤっちゃって、なし崩しみたく。だって、ペアで仕事するってことは、あれからもずっと一緒に働いてるわけですよね。そしたら、こう、いい雰囲気になっちゃったりとか…」

「それはないな」

「どうして、ないって言いきれるんですか」

「木内はあくまでドラッグを使ったから、あそこまでノっただけで、あいつに男に真剣になる度胸はないだろう。それに第一、もう神谷さんはあいつに興味はない」

神谷は身体で知ったのだ。

自分が好意を抱いてきた木内が、いざとなれば欲情に負けるただの男だということを。

そして神谷は、好きな相手とセックスできただけでもラッキーだった、などと思えるような人間ではない。むしろ、自分が木内を正しく見ることができていなかったことに打ちひしがれたことだろう。

この先、どんなに木内が取り繕っても、神谷は二度と木内を以前のように慕うことはない。寝惚けて、甘い声で木内の名前を呼ぶこともない。

——そのために、木内に抱かせたんだからな。

自分が謀ったこととはいえ、思い出すだけで腸《はらわた》が煮えくり返る。

神谷が他の男に犯されるところを見るのは、背を焼いたときに匹敵するほどの苦痛だった。身体中の神経が凍てつき、嫉妬に身が捻じ切れそうだった。

その苦痛のなかで感じる、歪んだ欲情。

……神谷は、もしかすると自分にとって鬼門だったのではないか。

そんなことを最近、よく考える。

あの高校の教室で神谷の首を絞めたときも、自分のなかで制御不能な感情が吹き荒れた。

神谷は、誘うのだ。自分の奥底に潜んでいる惨忍な破壊衝動を。神谷だけが。

まるで、この世にただひとつの鍵のように、開けてはいけない感情の扉の鍵穴にぴたりと嵌まる。

…………自分が今晩、神谷の部屋で待ち伏せをして、いったいなにをしてしまうのか、久隅は自分でも予測できなかった。

2LDKの間取りはひとり暮らしには充分な広さで、よく片付けられている。クリーム色の壁紙に、生成りのカーテン。家具は渋い色合いの木製が主だ。

本棚にはボロボロになった六法全書をはじめとして法律関係の本がずらりと並んでいる。付箋《ふせん》が山のように貼られた本からは、家でも仕事のことで頭がいっぱいな神谷礼志の姿が透けて見えた。

神谷にとって検事という仕事は、職業として以上の特別な意味をもつ。

それを知ったのは、一ヵ月ほど前のことだった。堀田に頼んでいた、神谷に関する調査書で、十八年前の事件の詳細を知った。彼の実父の死に纏《まつ》わることだ。

そのことがあったから、神谷は法曹界へと進んだのだろう。

そうして深い志があって就いた職業だから、神谷はどんなにつらいことがあっても、仕事に取り組みつづける。雄の欲望を剥き出しにして自分を犯した事務官と過ごさなければならないのは苦役以外のなにものでもないだろうに、一日も休むことなく……。

久隅は買ってきたワインを空けながら、神谷の帰宅を待つことにした。壁にかけられた四角い時計は九時を指している。いったい何時間待つことになるのか。テレビを点ける。CSの専門チャンネルで、ちょうど映画が始まるところだった。

荒野に伸びる道の左右を歩く、ふたりの男。鋭く、切れ切れに、吹きすさぶ風の音。路上をざあっと流れる砂。以前にも一度見たことのあるロードムービーだと気づく。タイトルはたしか……『スケアクロウ』。案山子《かかし》の意味だ。ジーン・ハックマンとアル・パチーノが出演していて、三十年ほど前の映画だろうか。アル・パチーノなど、まだつるりとした顔の青年だ。

十四歳のとき父母が亡くなり、叔父の家に身を寄せることになって、たしかその頃に叔父と一緒にビデオで見たのだ。

刑務所を出たばかりの男と、捨てた家族に会いにいく男という人生の落伍者《らくごしゃ》ふたりが、目的地を目指してともに旅をする。あやふやな夢や目標を抱えて、現実を正視できないまま進んでいく彼らの姿は、身勝手で、不器用で、一途で、いじましい。

叔父はこの映画が好きなようだったが、当時の久隅には、地味だし、どこがいいのかさっぱりわからなかった。あばずれっぽい役の女優の胸の丸みだとか、いやらしいシーンだとかが意識に引っかかったぐらいのものだった。

しかし、いま見てみると、なるほど沁みるように感じるものがあった。ふたりの男に、自分自身を、そして自分と神谷を、ところどころ重ねていた。もし、神谷があのラストのアル・パチーノ演じる家族を捨てた男のように壊れてしまったら、自分はどうするのだろう？

映画が終わるころには、酒がかなり進んでいた。

これから神谷と真っ向勝負をしようというのに、いじましい男たちの映画の余韻に浸っているわけにはいかない。久隅は冷たい水で顔を洗おうと、洗面所に向かった。

真冬の夜、蛇口から迸る水は氷そのもののように冷たい。それを両手で掬《すく》って顔に叩きつけるごと、緩んでいた神経が張り詰めていく。皮膚感覚が麻痺しかけたころ、タオルで乱暴に顔を拭った。

濡れた髪を掻き上げながら、横の棚に視線を流す。フレグランスの瓶が置いてあった。メタリックな頭部にガラスの下部、少しいびつな直方体のフォルムをしている。

それを掴んで、左手の甲にひと噴きすると、洗練されたグリーン系の香りが立ち昇る。

神谷の匂いだ。

鼻先に手の甲を押しつければ、頭の芯が痺れる。そうして眇めた目で、右手に握っているボトルに打たれた英字を見つめる。

Ｔｒｕｔｈ　Ｃａｌｖｉｎ　Ｋｌｅｉｎ

――……こんなところまで、真実づくし、か。

やはり、男などというものは悲しいぐらい単細胞で、いじましい生き物なのかもしれない。

* * *

警察から送検されてきた二十代半ばの青年は、椅子から立ち上がってから何度も頭を下げた。そして押送の巡査に促されて、検事室を出て行く。

ドアが閉まってから、神谷は手元の書類を検《あらた》めた。今回の事件は、強盗傷害だ。被害者はマンションでひとり暮らしをしている視覚障害者の老人で、極めて卑劣な犯行と言える。いま出て行った被疑者の青年は、被害者の隣の安アパートに住んでおり、フリーターで数ヵ月分の家賃を滞納していた。けれど、物証が弱く、被疑者は警察から自白を強要されたと訴えている。

神谷が眉間に皺をたてていると、デスクの端にそっとコーヒーのそそがれたカップが置かれた。

「警察の仕事にケチをつけないとなりませんね」

木内の抑えられた声に、神谷は腹に力を籠めてから目を上げる。おのずと自分の顔が強張るのがわかった。あの淫らな出来事からひと月以上経っているとはいえ、目が合うと、どうしても暴力的なまでのショックが甦ってきて、神経を傷めつけるのだ。

そして、木内のほうもまた深くおのれを恥じ、罪悪感を募らせている様子だ。

……久隅に謀られて身体を繋げさせられた週明け、この検事室で顔を合わせたとき、木内は真っ赤な目をしていた。

そして、深く項垂れて、悲痛な声で謝罪の言葉を口にした。彼は、神谷のことで話し合いの席を設けると久隅から連絡を受け、マンションを訪ねたのだという。そして勧められるままコーヒーを飲んだところ、身体が痺れて、性的興奮を催したのだと訴えた。

『薬を入れられてたようで……だから、よく覚えていないんです』

それは責任回避の言葉だったのかもしれないし、あるいは、これからも仕事を組んでやっていかなければならない神谷に対する「あなたの恥ずかしい姿は覚えていません」という表明だったのかもしれない。

『——私もよく覚えていませんから、忘れてください』と神谷は返した。

真実よりも、価値ある嘘を選んだ。

正直、木内と仕事をするのはつらかった。

木内は以前にも増して仕事に協力的だったが、それが神谷の身体を貪ってしまった罪悪感から来ているのは明白だった。その罪悪感が透けて見えるたび、神谷はかえって自身の淫らさが思い出されて、生傷を抉られるような苦しみを覚えた。

特に酷いのは、夜、ベッドに入ってからだった。

閉じた瞼の裏に仕事のパートナーに晒してしまった痴態が、次から次へとなまなましく浮かび上がってくる。煩悶《はんもん》しながら眠れず朝を迎える日が十日を数えたころには、心身ともに弱りきっていた。仕事をないがしろにするわけにはいかないのに、どうしても集中力がもたない。

ときどきかかってくる久隅からの電話や、彼の待ち伏せにも、ひどく動揺させられた。

市販の睡眠薬はまったく効かず、心療内科で薬を処方してもらうことを考えていたとき、ふと入った深夜営業のディスカウントショップで、「あれ」を見つけた。

お陰でなんとか眠れるようになったのだが——気持ちは複雑だった。


仕事を終えて家に帰り着いたのは、十二時を過ぎたころだった。

ノブの下の穴に鍵を挿して回す。蝶番が滑りの悪い耳障りな音をたてる。そろそろ油をさしたほうがよさそうだ。

違和感はドアをほんの少し開けたときに起こった。真っ暗なはずの屋内、奥のリビングに電気が点っているのだ。そして、その明かりを遮るように目の前にある人影。

神谷は切れ長な目を大きく見開いた。

「よお。勝手に上がらせてもらったぞ」

ザラつく低音とともに、手が伸びてくる。

——どうして、久隅が……⁉

不意打ちに動転した神谷は、ドアを閉めて久隅を防ごうとしたが、しかし次の瞬間、肩に激痛が走って、身体が後ろに弾かれた。内側から力任せに開けられたドアの端にぶつかったのだ。

久隅は大きくよろける神谷の腕をがっちり掴むと、一気に玄関に引き摺り込んだ。

廊下へと土足のまま上がらされて、神谷は抗った。

「久隅、どういうつもりだっ！」

恫喝すると、久隅が立ち止まり、振り返る。

機嫌の悪い獣のように眇められた男の目を、神谷は憤りを滾らせた双眸で見返した。

もし第三者がここにいたら、ぶつかるふたりの視線に火花を見たかもしれない。それほどまでに強い視線が拮抗した。

「どうして、君がここにいる？　警察を呼んでもいいんだぞっ」

「道端で犯されるよりはマシだろ？」

「……っ」

露骨な軽蔑を、神谷は表情と声で示した。

「もう、こちらからの贖いは終わったはずだ。君の刺青を焼かせた分の苦しみを、私は受けた」

なんとか精神力だけで毅然とした態度を取り繕ってはいるものの、頬のあたりはそげてしまっている。久隅の目に、神谷が弱っているのは明らかなのだろう。

被捕食動物を追い詰めた獣のように、久隅は優越の色を浮かべている。

「贖いなんて、知るかよ。俺はあんたが欲しいだけだ」

気力を掻き集めて、神谷は目元に冷笑を乗せた。

「君のものには、ならない」

「……。それはあんたが決めることじゃない」

昏い苛立ちの表情が、久隅の目元から波紋のように拡がっていく。

久隅の左手が上げられた、と思ったとたん、神谷の右頬に熱が炸裂した。強い掌に頬を張られて激しく視界が横に飛び、神谷の膝はがくりと折れた。廊下に転がりそうになる身体を、胸倉を掴まれて支えられる。

「あんたは俺を刺激するのが、本当に上手いな」

吐き捨てるような、毒を含んだ囁き。

胸倉を引っ張られるまま、神谷は寝室へと連れ込まれた。出窓からの月明かりでほのかに照らされているベッドへと突き飛ばされる。

起き上がろうとしたが、さっき頬を張られたせいか、眩暈に襲われた。

緩慢にもがく神谷へと、久隅が体重をかけて圧し掛かってくる。

「あんたが誰のものなのか、この身体に刻み込んでやるっ」

そう憎々しげに言うと、久隅は神谷の濃紺のロングコートを乱暴に捲り上げ、スーツの腰を探った。ベルトを苛ついた手つきで外される。ジッパーを壊さんばかりに引き下ろしたところで、久隅の動きがふいに止まった。

「……」

青みの強い月明かりのなか、自分に圧し掛かる男が顎を上げた。彫りのしっかりした顔は、闇に溶けるようだ。

久隅は犬のようにクン…と寝室の空気を嗅いだ。彼の視線が動いて、ぴたりと止まる。

神谷は久隅の視線の先を辿り――――びくっと身体を震わせた。一気に意識がまとまり、蒼褪める。

出窓にくっきりとしたシルエットを描くビルディングを模したフレグランスの瓶。

寝室に漂う、グレイアンバーの香り。

「なんで、これがここにあるんだ？　神谷さんのは『Ｔｒｕｔｈ』だろ？」

喉に大きな異物がつかえたような息苦しさ。神谷は、渾身の力で久隅を押し退け、逃げようとした。

「神谷さんっ！」

起き上がろうとする神谷の身体がふたたびベッドへと突き倒される。肩を押さえつけられ、馬乗りになった久隅に抵抗を封じられる。

まるで罪を咎めるかのようなきつい口調で、問われた。

「あれが俺の使ってるのだって、知ってるよな？」

「知らない」

竦んだ心臓が、異様に速く脈打つ。

「嘘つけ。俺の家で、あの瓶見ただろ？」

「見てない」

「俺の匂いだってわかって、使ってたのか？」

「違うっ」

「毎晩、俺のことを考えながら、寝てるのか？」

久隅の声が穏やかになっていくのと反比例して、神谷の声は崩れていく。

「違う、そんなわけないだろうっ！」

表情を見られまいとして、神谷は顔を横に向けて俯いた。深く伏せた睫が震えるのが、自分でもわかった。

……そう。真夜中のディスカウントショップで見つけたのは、見覚えのあるフレグランスの瓶だった。

ジャンヌ・アルテスの、UNDER　CONTROL。

久隅のフレグランスだった。

彼の家に泊まった最後の晩、この香りを首に擦りつけたら、すとんと眠れたことが思い出されて。

あれだけ酷いことを強いた相手の香りに頼るなどどうかしている。くだらない発想だと一蹴《いっしゅう》しようとしたが、ディスカウントショップを出るとき、神谷の手にはフレグランスの入った袋が握られていた。

その晩、刺激のある扇情的な香りのなかで、神谷は半月ぶりに深い眠りに落ちた。手足もまともに動かせない、温かな泥に深く沈んでいくような感覚。

久隅に抱かれているときに感じる、自棄めいた安堵に身を委ねた。

そうして辛うじて心身のバランスを取れるようになって、今日まで凌《しの》いできたのだ。

けれども、久隅の香りに包まれていれば眠れるということの意味からは、ずっと目を逸らしつづけてきたのだった。

「……神谷さん」

自分のうえにいる男の身体から漲っていたどす黒い憤怒の塊は、いまやすっかり瓦解していた。

ぎこちなく、久隅の手が神谷の髪へと伸ばされる。

冬の夜気に冷えた髪に指が絡む。そろりと頭を撫でられた。

「そんなに、俺にのめり込むのが怖いか？」

かすかな甘みを孕んだ、ザラつく声。

「避けて遠ざかりたくなるぐらい、俺はあんたにとって大きな存在になってたんだな」

「…………そんなことは、ない。あり得ない」

神谷は否定の視線を久隅へと向けた。しかし、まるで自分の意見に自信が持てない人間のように、瞳はすぐに揺らいでしまう。

「なぁ、自分の気持ちもわからないまま、逃げてたのか？」

哀れむような声。

「──やめてくれ」

神谷は眉を歪めて硬く目を閉じ、顔を背けた。

呻くように嘆願する。

「もう放っておいてくれ」

繰りかえし繰りかえし髪を撫でる男の指が、耳に触れた。それをひんやりと感じたのは、自分の耳が熱を持っているせいなのだろう。

久隅は耳朶の端を摘まむと、吸い寄せられるように耳に唇を押しつけてきた。

脳に直接響いてくる、柔肉のたてる濡れ音。

狭い耳腔を舌で埋められ、窮屈に掻きまわされる。

まるで神経そのものを舐め蕩かされていくかのようで。いたたまれない甘さが耳から波状に全身へと拡がっていく。

「つ、ふ」

男の体重を受けたまま、腰が跳ねた。

「嫌だ……抜け……」

露骨に息を乱して神谷は男の肩口に手をつく。押し退けようと何度か力を籠めるものの、いつしか目的を見失い、手触りのいいジャケットの布地をくっと握り締めてしまう。

耳腔を舌で苛みながら、久隅は震える神谷の脚のあいだに乱暴に膝を押し込み、狭間に膝頭を押し当ててきた。会陰部を荒っぽく突き上げられれば、もどかしい疼きが湧き起こってくる。股間を埋められて、不安定に蕾が震えだす。

いたぶられる耳と下半身がピンと快楽の糸で結ばれる。いかにも感じているふうに、ときおりビクビクッと身体が跳ねる。神谷の脚は絶え間なく、膝をたてては伸ばし、靴を履いたままの足でベッドを踏み締め、掻いた。そうやって、久隅から与えられる快楽を、少しでも身体の外に逃がそうと試みる。

「つ、ふ」

下腹は半端に芯を持っている程度の反応なのに、いまにも果ててしまいそうな危うい感覚に支配されていた。

ようやっと久隅が耳から舌を抜いてくれたとき、ふたりとも全力疾走でもしたかのように息を弾ませていた。

「神谷さん」

まるで違う孔のように濡れそぼり火照った耳腔へと、腹に響く低い声が宣告する。

「絶対に逃がさない」

潤ってやわらんだ耳の底に、言葉を刻みつけられる。

「俺はあんたを、逃がしてやらない。あんたは俺のものだ」

「……っ」

神谷は身体をゆるやかに捩った。

一滴の白濁も零さないまま、身体の芯が熱く焼け爛れた。ヒクリと体内が引き攣れる。

完全に力を失った神谷のうえから、久隅は退いた。

「俺のものにならないつもりなら、歩けなくなるぐらい犯しまくって、連れ去るつもりだった。社会的に存在を抹殺させて、完全に俺だけのものにしてやろうってな。けど、その必要はなさそうだな？」

頭のなかも身体の奥底も蕩けたままだった。

うつろに瞬きをすることしかできない神谷に、ベッドから下りながら久隅が告げる。

「少しだけ待ってやる。心が決まったら、俺のものにしてくださいって、今度はあんたが俺に頼め」


その日、車での移動中に、運転席の木内からいい報告があった。

いい報告なのに、彼はかなり言いづらそうにしていたけれども。

妻の真由が先週、実家から帰ってきたという。そして夫婦で不妊症治療の名医のもとを訪ね、精密な検査を受けたのだそうだ。

その結果、無精子症とはいえ、精巣内に精子が存在することが確認できたため、体外受精の可能性が開けた。

真由と夫婦として前向きに努力したいと、木内はハンドルを堅く握り締めながら語った。

「よかったです。安心しました」

神谷は穏やかな声で、そう返した。

本心からの言葉だった。

木内への想いが死んだいま、自分とダイレクトには関係のないこととして、身近な人間のよい展開を喜ぶことができた。

ああ、本当に木内への想いは消えたのだな、と改めて確認し、そのことについてだけはわずかに胸が痛んだ。

助手席から夕暮れの街並みを眺めながら、神谷はもうひとりの男のことに思いを馳せる。

……久隅が勝手に家に上がり込み、そして横暴なやり方で神谷の心を暴いてから、すでに十日が経っていた。

以来、電話の一本もない。

道端や家で待ち伏せをしているようなこともなかった。

『なぁ、自分の気持ちもわからないまま、逃げてたのか？』

常に真実を見抜こうと、そればかり必死に考えてきたくせに、蓋を開けてみれば自分のことすらまともにわかっていなかったのだ。

間抜けで、情けない。

『俺はあんたを、逃がしてやらない。あんたは俺のものだ』

耳の奥底に傷のように刻まれた言葉を、この十日間で何度甦らせただろう。

甦らせるごと、自分のなかでたしかに嵩んでいく想いがある。

こんなふうに、胸や首筋が熱くなるような種類の感情だ。

誰が自分の心を焦がすのか、その答えはすでに出ている。

『少しだけ待ってやる。心が決まったら、俺のものにしてくださいって、今度はあんたが俺に頼め』

――……いい加減、久隅に伝えないといけないな。

今晩、彼に電話をしよう。

携帯電話のディスプレイに、番号を呼び出す。

これで通話キーを押せば相手に電話がかかる。かければ、必ず電話に出るか、折り返しをくれるかするだろう。

親指が通話キーのうえで揺らぐ。

「…………」

緊張に耐えかねて、神谷は二つ折りタイプの携帯電話をぱたりと畳んだ。

十分置きに、もう五回も同じことを繰り返している。

答えは出ているはずなのに踏みきれない。

自分の潔くなさに、小さく舌打ちする。

けれど、仕方ない。

電話をかけるというわずかな行為で、自分は人生の大きな選択をすることになるのだ。

落ち着かない気持ちでソファから立ち上がり、キッチンへ向かう。酒を飲もうかとも思ったが、アルコールの勢いで電話をかけたくはなかったから、濃いコーヒーをドリップで淹れた。

コーヒーを口に含んで舌で転がす。苦味がじんと沁みて、意識の輪郭がくっきりする。

……命日を過ぎてしまったが、明日の土曜日、父の墓参りに行くつもりだ。

リビングに戻った神谷は、思い立って、書類が入っているチェストの一番上の抽斗を開けた。底のほうを探り、古びた一枚の写真を抜き出す。

この写真を見るのは、去年ここに引っ越してきて荷解きをしたとき以来だ。その時も慌しく抽斗に突っ込んだだけで、正視はしなかった。まともに見るのは何年ぶりだろうか？

ひとつの家族が写っている。場所は遊園地で、背後には観覧車が見える。

小学生の男の子と、三十代半ばの夫婦。三人とも笑顔だ。

――こんなに若かったのか……。

神谷は写真の父親を見て、軽い衝撃を受けた。

十八年前の小学生の自分には、父親は絶対的な大人の男に見えていたものだが、一重の涼しい目に面長の輪郭をした男は、いま見ると青年の匂いを残している。この写真を撮った半年後に急逝《きゅうせい》したことを思うと、ひとりの人間としても痛ましい気持ちになった。

――三十四歳だから、ちょうど木内さんと同じ年なのか…。

そう気づいて、改めて頭のなかで比べながら眺めていた神谷は、ふと眉を寄せた。

顔立ちや雰囲気は違うのだが、父親と木内には、ぴたりと重なるなにかがあるのだ。注意深く検分していく。

「……あ」

共通点は、すぐに見つかった。

笑い皺だ。

目尻にきゅっと刻まれるそれが、とてもよく似ていたのだ。

自分はすぐに「他人」を疎ましく感じる。それを木内に対して感じないのを、細やかに気遣ってくれているせいかと思ってきたが、もしかすると笑い皺に父親を重ねて見ていたからなのかもしれない。

その考えは、妙にすとんと腑に落ちた。

木内に対する未練にも至らない、最後の拘《こだわ》りが静かに溶けて、消えた。

チェストの抽斗に写真を戻すと、神谷はソファに浅く腰を下ろした。そして、背筋を立てて、携帯電話を手にする。今度はもう、指は迷わなかった。

耳に当てた携帯から、呼び出し音が聞こえる。

回線が繋がる。

『待ちくたびれた』

開口一番、久隅は不機嫌を噛み殺すような声でそう言った。

「……悪い。こっちも覚悟がいったんだ」

神谷はソファへとゆっくり背を預け、目を伏せる。

『俺は、少しだけ待つって言ったんだ。それを十日も待たせやがって。本気でハコイリイモムシにしてやろうかと思ってたところだったんだぞ』

「箱入り……？」

よくわからないが、不穏な感じはする。

耳元で、太くて長い溜め息がつかれる。

『まぁ、いい。で、覚悟は決まったわけだな？』

「……ああ」

『ちゃんと言えよ』

忙しない調子で、男の声が強要する。この十日間、久隅がじれじれとして過ごしたのがよく伝わってくる。

神谷はひとつ呼吸をして、鮮明な声音で告げた。

「私を、君のものにしろ」

数秒の沈黙。

『……命令形かよ』

久隅が呆れたように喉で笑った。神谷も自然と口元を緩める。

気道がすうっと通って、不思議なぐらい肩の力が抜けていた。

ああ、自分はこの男を好きなんだな、と思った。

『なぁ、神谷さん』

「ん？」

『いまから会わないか？』

「明日、少し遠出をする予定があるんだ」

『なんだよ。土曜なのに仕事か？』

ふてくされたように久隅が唸る。

「いや、仕事じゃない。私用で千葉の房総《ぼうそう》のほうまで行くんだが……空いてるなら、付き合ってくれないか？」

『房総ならアクアラインを木更津《きさらづ》に抜けるのがいいな。わかった、車は俺が出そう』

自分の車で行くつもりだったが、せっかくだから言葉に甘えることにする。

久隅が、どうせ房総に行くなら館山《たてやま》にいい旅館があるから一泊しようと、勝手に決めてしまう。土日が潰れることになるから、来週の仕事はオーバーワーク決定だ。

午前十時に迎えに来てもらうことにして、電話を切った。

ふっと息をついて、目を閉じる。

脳が、久隅の余韻に痺れていた。

＊＊＊

「晴れての初デートが墓参りとはな」

一組の仏花を右手に握り提げて、久隅は空を見上げた。山の裾野に造られた霊園の空は広い。寒々しい水色の空に、綿を解きほぐしたような白雲がたなびいている。

久隅は今朝、約束した時間どおりに、神谷の家のインターホンを鳴らした。

出てきた神谷は、灰色のハイネックのセーターにジャケットとスラックス、その上にハーフコートを羽織り、首にはマフラーをしていた。彼は腕時計を確かめて、「十時ぴったりだ」と少しおかしそうな顔をした。高校のころ、久隅がいつも部活に遅刻していたのを思い出したのかもしれない。

神谷をBMW・M5の助手席に乗せて、首都高に上がった。横浜方面へ向かう高速を途中で左にそれて東京アクアラインの海底トンネルに入る。ひたすらまっすぐな閉塞感のある空間を飛ばしていくと、次第に速度感覚が狂いだす。

感覚をリセットするために、海の真ん中にぽっかりと浮いたパーキングエリア、海ほたるでコーヒーを飲んで休憩をとった。

人工島の手摺から海を見れば、空からそそぐ陽光が波に乱反射し、神谷の顔を下からちらちらと照らし出す。潮風を受けながら、神谷は始終、眩しそうに一重の目を細めていたが、その様子がなんとなく哀しみを帯びているように見えたのは、これから向かう場所と目的を久隅が知っていたからか。

神谷からは地名しか告げられていなかったが、彼のことを下の人間に詳細に調べさせていたため、久隅はそこに神谷の実父が眠る霊園があるのを、あらかじめ知っていた。十八年前の悲劇的な事件のことももちろん知っているが、そんなことはおくびにも出さなかった。

ビョービョーと音をたてて海を渡る二月の風は、強くて冷たい。

黒革のコートに包まれていても、久隅の身体はすぐに冷えた。意識がすっきり冴えた状態でふたたび運転席に乗り込む。海ほたるから先は、海上道路だ。海ばかりと対面している空の下を、一直線に木更津へと抜けた。

千葉に渡り、さらに房総の先端を目指す。

途中でこぢんまりした蕎麦《そば》屋に寄って昼食を取り、目的地に着いたのは午後になってからだった。

そしていま、こうやって霊園に佇んでいる。

神谷は手桶に水を汲むと、久隅の横を通り過ぎて、先に歩き出す。久隅は砂利を踏みしめて、ゆっくりと従った。古くからある霊園らしく、年季の入った苔《こけ》むした墓もあれば、定型の新しい墓石も見られた。

区画もまちまちで、道は迷路のように折れ曲がりつつ、交叉《こうさ》しつつ、縦横にめぐらされている。墓地の周りに植えられているのは桜の木だろう。

――多磨《たま》霊園の桜も、なかなかだっけな。

久隅の若くして亡くなった両親は、仲睦まじく多磨霊園に眠っている。高速道路での自動車事故が死因だった。その車の後部座席に、十三歳の久隅も乗っていた。とはいっても、当日の記憶は朝、家を出たところで途切れている。気がついたら病院にいて、両親はすでに亡くなっていた。この左目の下の傷痕は、その時についたものだ。

柄の悪い傷痕を喧嘩傷だのと陰で噂する輩《やから》は多かったが、そんなものは右から左に聞き流した。

たとえ記憶にはなくても、家族が最後の瞬間に揃っていたことを証す、消えてもらっては困る傷痕だ。

物思いに耽りながら歩いていたから、神谷が立ち止まったのに気づかずにぶつかった。

すぐ間近にある神谷の目は、静かにひとつの墓石にそそがれている。

そして無言のまま、歩を進め、墓前の萎《しお》れかけた花――そんなに古くはない。数日前に献花されたもののようだ――を花立から除くと、桶から柄杓で水を掬い、墓を清めていく。

自分も毎年、父母の墓に参る久隅には、この一連の行為が親子の会話のようなものだとわかる。だから、邪魔をしないように下がったまま、神谷の背中を見ていた。

「花、持ってくれてありがとう」

そう言って手を差し伸べてくる神谷に、仏花を渡す。切られてなお生命の匂いを放つ、水仙をメインにした花束が捧げられる。

線香が点され、神谷が手を合わせる。自然と、久隅も手を合わせた。

しばしの静けさののち、久隅に背を向けたまま、神谷が低い声で語りかけてきた。

「ここには、十八年前に亡くなった実の父が眠ってるんだ。いまの、神谷の父とは、義理の仲だ」

何代もの人間の眠りを守り、雨風に打たれつづけたのだろう碑には、「瀬尾《せお》家」と刻まれている。

「……瀬尾礼志、だったんだな」

口にしてみると別人のように感じるが、十一歳までたしかに、神谷礼志は瀬尾礼志だったのだ。

「ああ。懐かしいな」

神谷がわずかに微笑んだのが、そしてすぐにその微笑が消えたのが、感じられた。

「父は、警察の留置所で自殺したんだ」

淡々とした声が続ける。

「十八年前、父は中堅のメーカー勤務だった。その会社で七百万円の横領が発覚したんだ。内部調査が始まって、まず経理畑の人間が疑われた。うちの父も、経理課に所属していたから疑惑の目を向けられた。しかし、母も私も信じていたんだ。あの真面目な父が、横領なんてするわけがないと……はじめは、たしかにそう信じていたんだ」

その辺の経緯を、久隅もある程度は把握している。

当時、神谷の父親は三十四歳で、得意先への振り込み業務を任されていた。ポジション的にもっとも疑われたうえに、とんでもない証拠が出てきたのだ。

「父の口座に、会社の口座から移された百万円があることが発覚して……社宅に住んでいたから、完全に犯人扱いだった。噂が広がり学校でもクラスメートたちにおまえの父親は横領犯だと言われつづけて、もちろん違うと否定して、喧嘩もした。――――でも、ある日、いつものようにしつこく言ってくるクラスメートを殴りながら、父親を疑いはじめている自分に、気づいた……」

七百万円を返して辞表を書けば、警察沙汰にはしないですませてやると、会社側は瀬尾に言った。

けれど、まったく身に覚えのない瀬尾は、その提案を拒否した。結局、事件は警察に通報され、瀬尾は被疑者として身柄を拘束されることとなった。

「警察がうちまで父を連行しに来て……玄関を開ける直前、父に訊かれた。『礼志は父さんのことを信じてくれてるな？』――信じてる、と言わないといけないと思ったのに、言葉が出なかった。何秒か置いてから頷いたが、父には伝わってしまったんだろう。自分を疑ってる息子の頭を撫でて、無理に目尻に笑い皺を作ってみせて……出て行った」

久隅には、玄関での親子のやり取りが目に見えるようだった。痛ましい気持ちになる。

……それから瀬尾は地獄を味わったに違いなかった。

真冬の留置所で夜は寒さに苛まれ、昼は刑事たちに自白を強要され。

いまより、警察も取り調べ時に安易に暴力を振るっていた時代だ。真面目な男は、加速度的に追い詰められていったのだろう。

そして、ついに。

「真夜中に警察から電話があって、病院にすぐ来るようにと言われたんだ。駆けつけたときには、父さんはすでに息を引き取ってた。留置所のドアノブに裂いたシーツを括りつけて、首を吊ったんだそうだ」

　神谷の声がぐらつく。

　それを立て直すように、彼の背は厳しく伸びた。

「父さん……父が亡くなってしばらくしてから、横領の真犯人が捕まった。経理課勤務の、父の親友だった。彼が父の口座に百万円を移して、濡れ衣を着せたんだ」

　あとからどれだけ真実が判明しても、死んだ者は戻らない。

　十一歳の少年のやわらかな心には、玄関でひと言「信じてる」と父親に言ってやれなかったことへの慙愧《ざんき》の念が、深々と刻みつけられてしまった。

　もしそのひと言を告げることができていたら、父親は取り調べの苦役にも、踏み堪えてくれたのではないかと、神谷は数えきれない回数、自分を責めたのだろう。

　彼の心が底の割れた容器のように、生きる糧となる想いを逃がしてしまうのは、もしかすると父親のことが原因なのかもしれない。

「――それで神谷さんは、冤罪に拘るようになったんだな。俺が暴行事件で疑われたときも、真実を見極めようとしてくれた」

「ああ。まともな信念があったわけではなくて、私はただ、見失った真実に取り憑かれているだけなんだ。そうして、いまの家族を疎みながら、この年まで来てしまった」

なにをやってたんだろうな…、と小声で付け加えて、神谷は自嘲するように笑った。肩がかすかに震える。

彼が泣いていないことは、少なくとも涙を流していないことは、わかっていた。それでも、ひとりで父親の前に立たせておけなくて、久隅は荒い動作で神谷の横に進むと、彼の肩を抱いた。

「もう、行くぞ」

ぞんざいに言うと、神谷が顔を上げる。

その目は、天気雨に打たれた石程度に、湿っていた。

エピローグ

久隅の気に入りだという館山の旅館は、しっぽりと落ち着いた風情《ふぜい》で、冬枯れの木々に埋もれるようにして佇んでいた。

渓流が近くにあるらしく、滔々《とうとう》と流れる水の音が聞こえる。

胃にもたれない魚介類や山菜をメインにした夕食を味わってから、部屋についている露天風呂に浸かった。

周りには目隠しの竹穂垣がめぐらしてあり、岩で組まれた風呂の脇では、椿《つばき》が赤い花をぽってりとつけていた。

神谷は肩まで熱い湯に潜って、白い湯気の底から頭上を見上げた。

裸の梢《こずえ》が空にかかり、風が吹くたびに口笛のような音をたてる。それはあちらこちらから大小高低さまざまに聞こえてきて、互いに絡み合っては、ほどける。

「さすがに、運転でちょっと肩が凝ったな。神谷さん、揉んでくれ」

岩に凭れていた久隅が、そう言いながら湯を曳《ひ》いて傍に来る。

神谷の前に、広い背が晒された。肩甲骨のあたりから下は白みのある湯にぼやけているが、それでも、右の肩から左の腰まで斜めに走る火傷痕と、それによって壊された刺青の様子は窺えた。

神谷は男の厚みのある肩に手を伸ばした。張った筋肉に親指を捻じ込むようにして、揉んでいく。……やはり、無残な火傷の跡を見ると、どうにも胸が軋んだ。

肩甲骨のあたりの変色して引き攣れた皮膚にそろりと触れる。肌理《きめ》も潰れてしまった、妙につるりとした手触りだ。ここに夜ごと薬を塗り込んだことを思い出していると、条件反射で唇が火照りだす。男の性器から滴った蜜が舌を伝う感触が、なまなましく甦る。

と、ふいに久隅が肩越しに手を伸ばしてきた。指先を掴まれる。

「悪い。まだ、痛むのか？」

「……いや、もう平気だ」

低く呟きながら、久隅のざらつく指先が、人差し指の先を潰してくる。爪を押され、甘皮のところを撫でられる。指の腹に軽く爪をたてられて。

「――」

じんっとした深い痺れが脇腹を這い登るのに、神谷は思わず息を止めた。

指先を忙しなく擦られると、まるで直接愛撫されているかのように、湯のなかの性器が強張りだす。爪のあいだをほじるようにされると、頂の孔がピクリと震えた。

ただの指先の戯れで火を熾《おこ》されてしまっていた。

「んっ……」

なんとか感覚を抑え込もうと、腰を捩る。

その動きが、波紋となって湯の表面をたぷんと波打たせた。

「神谷さん」

久隅が横顔を晒す。

「死んだ蜘蛛の代わりに、あんたがずっと俺の巣に引っかかってろ」

その命令に、頭の芯がぐつりと蕩けた。

本当に自分が、蜘蛛の粘つく糸に雁字搦めにされた羽虫のように思えて……。

諦めて、思考を停止し、身を投げ出す。

それを自分にさせることができるのは、昔もいまも久隅だけだ。

「部屋に戻ろう。いい加減、湯から出られなくなりそうな状態なんだ」

遠回しに誘いをかけながら男の手から指を抜こうとしたが、しかし逆に手首をぐっと掴まれた。

次の瞬間、腕が抜けるかと思うほどの力で引っ張られ、神谷の身体は飛沫を上げて湯に叩きつけられた。頭まで湯に潜り、慌てて体勢を立て直そうともがく。そのもがく脚が男の手で開かれた。

なんとか底の岩に手をついて、身体を支える。

水面に顔を出して空気を吸おうと唇を開き――。

「……っぁあ」

そのまま弱い悲鳴が喉を突いた。

湯で潤んだ粘膜の口に、久隅の怒張が突き立てられたのだ。

「待っ、久隅、っ」

久しぶりの行為なのに、内壁を無理やり引き伸ばされて、息が詰まる。

あまりの無体に身体を震わせながら睨むと、犯す快楽を味わっている声で、久隅が嘯《うそぶ》く。

「仲よく手ぇ握り合いながらアンアン言うセックスなんて、したくねぇだろ？」

「やめ、ろ、こんなところ、でっ――ぅ、く……あっ、駄目だっ」

繋がりを抜こうと、手で後ろにずる。岩に背が当ったところで、久隅が突然、膝立ちをした。浮力が働き、神谷の身体は容易に持ち上がる。胸や腹部に、暴力的に冷たい大気が触れた。

「嫌だダメだ言うわりには、こういうのノリノリだよな、神谷さん。見ろよ。めちゃくちゃ勃ってるぞ」

「うるさ、いっ」

「ほら、こんな臍につきそうになって、筋浮かせて」

顔を背ける神谷の前髪を、久隅は掴んだ。顎を引くかたちを強いられて、眉をきつくひそめながらも、神谷は自身の身体を見てしまう。

湯から出てしまった肌は、しっとり濡れ潤んでいる。その肌のうえに、うっすらと蜘蛛の巣が張り巡らされている……ゾッと鳥肌をたてるが、なんのことはない、月明かりに影を落とす、裸の梢だった。

とはいえ、ぬめる肌に描かれた模様はやはり不気味で、その不気味ななか、下腹では色素の薄い茎がキリキリと反っていた。湯にのぼせたかのように真っ赤に熟れている先端がなまめかしい。

神谷に無理な姿勢を強制したまま、久隅が腰をグッグッと突き上げだす。後頭部が岩にぶつかる痛みに神谷は呻いた。

いくら浮力が働いているとはいえ、手が岩底で滑り、身体を支えきれなくなる。肘が折れて、上半身がざぶりと湯に落ちた。

神谷は口からごぼりと気泡を吐いて、瞬きする。

ほの白く濁った湯のなかに張り巡らされた、蜘蛛の巣。

——搦め捕られる………。

二度と浮上できないような気がして――それでもいいような気がした。

神谷はもがくこともなく身体の力を抜く。ただ、体内の楔だけはヒクつく粘膜で噛み締めたまま。

息を止めることもせず、空気を水中へと手放していく。

身体のなかが、空っぽになっていく。

意識が揺らいだ。

「っ、神谷さん！」

慌てふためいた声。

ざぶりと逞しい腕が湯のなかに突っ込まれる。力なく揺らぐ神谷の腕を、強い手が掴んだ。勢いよく身体が引き上げられる。

久隅の膝に向かい合わせで座らされて、神谷は激しく空気を吸い込んだ。引き攣る肺に、新たな空気はまるで猛毒のような痛みを与える。

耳元で久隅が舌打ちして、そして溜め息をついた。

喘ぐ神谷の背中を大きな掌が這う。

「なぁ、神谷さん」

腹立たしそうに、労わるように、皮膚をさする。

「俺はなにを犠牲にしてでも、あんたの味方になってやる。だから」

目に流れ込む湯で歪む視界、久隅の鳶色の瞳が覗き込んでくる。

「俺の味方になっとけ」

「……」

「この世にひとりぐらい、安心して味方になれるヤツがいたほうが、生きてくのが楽だぞ。他のヤツにはこれまでどおり、距離取って公平にしとけばいいけどな」

胸のなかで、張り詰めていたなにかがぷつりと切れたような感覚があった。

どうして、いままで気がつかなかったのだろう？

十八年前、あの玄関で。

自分に足りなかったのは、真実を見極める目ではなかったのだ。

――味方になる心、だったんだ。

他人や、たくさんの人間を信じる必要はない。

でもただ、本当に大切な人のことは、信じたい……いや、がむしゃらに信じるしかないのだ。

そして、それが互いの糧になる。

……やりきれないぐらい、目と胸の奥底が熱くなってくる。

冬の夜風に叩かれている頬にもまだらに熱が点り、神谷はその頬を久隅の頬に擦りつけた。泣くように痙攣している瞼を見られたくなかったのだ。いま頬を伝っていくものは、きっと髪から滴る湯だ。

「神谷さん」

久隅が深く入り込んでいる器官を揺らした。

振動は、次第に淫らな律動へと移っていく。久隅の両手が腰を掴んでくる。角度を調整されて、なかの快楽の凝りを突かれた。

「っ、あっああ」

背を大きく撓らせて、神谷は首を伸ばした。貫かれている場所から唇まで、体内の粘膜が燃えるように熟み、痺れた。ペニスを通る管までもが引き攣り、漏らした透明な蜜を湯のなかに止め処なく溶かし込んでいく。

残酷なほど激しく粘膜を穿ちながら、久隅の両手が神谷の肘を掴む。

そして、たどたどしく下りていく。手に、熱い手が押し重なり、指が絡み合う。

……ついさっき、手を握り合うようなセックスを馬鹿にした男が、意識しているのか、していないのか、懸命に手を握り締めてくる。

その手を、もどかしく握り返す自分がいる。

「頭も身体も、俺だけでいっぱいにして——ぐちゃぐちゃに濡らしてやる」

身勝手なまでに猛々しい男の欲が、愛しい。

久隅といれば、二度と乾いて枯れることはないのかもしれない。

絶頂は、もうすぐそこだ。

心の奥底までも濡らしてもらえるその瞬間を待ち望んで、神谷は久隅のこめかみに、腫れた唇をきつく押しつけた……。

了

■あとがき■

こんにちは。沙野風結子《さのふゆこ》です。

あとがきまで読み進めてくださって、ありがとうございます。

この話は、ラピスさんからの既刊『蛇淫《じゃいん》の血』と岐柳《きりゅう》組絡みという点でリンクしてます。蛇淫のほうは、今回ちょこっと顔を出した角能《かどの》×凪斗《なぎと》の馴れ初め話でした。


さて、今作の（ロクでもない）クエストは、「意味ある3Ｐ」。そして結果的に、意味をつけた分だけ悪趣味度が上がってしまったような気がします。正直、すべての布石は3Ｐに向かって積み上げられています。私はピカピカしながらソコを書いていたのですが、微妙なラインの萌えのような気も。うっかり愉《たの》しんでくださった盟友の方は、その場でこっそり挙手してみてください。笑。

しかし、神谷《かみや》と久隅《くずみ》は、やってることは久隅のほうが酷いですが、真の壊れ度は神谷のほうが上級者かなぁ、と。このふたりの幸せは、久隅の努力如何《いかん》にかかっています。

ちなみに極私的趣味としては、久隅の叔父の桜川《さくらがわ》と岐柳組組長の組み合わせが、ひそかに気に入ってます。（そんなにおじさんラブでもないんですが。なんとなく）

蛇淫に引きつづきイラストをつけてくださった奈良千春《ならちはる》先生、お忙しいなか、ありがとうございました。今回も妖しい美しさに心臓を鷲掴《わしづか》みにされています。神谷の一重瞼ぶり、久隅の捕食者ぶり、そして蜘蛛の巣にまで色気が漲《みなぎ》ってます。宝物です。

そして、いつもお世話になっている担当様、ノビノビと黒トーン話を書かせてくださって、かつ的確なアドバイスもくださって、ありがとうございます。これからもよろしくお願いいたします。

最後になりましたが、この本を手に取ってくださった皆様に、大きな感謝を。自分が本を読んだときに「愉しかったなぁ」と思うあの感覚を、読んでくださった方たちに少しでも感じていただけるようにと足掻《あが》いてます。

ご意見ご感想など教えていただけましたら、今後の励みにいたします。

では、秋のひとときをご一緒させてもらえたことを感謝しつつ。

＊沙野風結子＊

【風結び】http://www.kazemusubi.com

・初出　蜘蛛の褥／書き下ろし

この作品を読んでのご意見・ご感想をお待ちしております。
〒112-0004　東京都文京区後楽1-4-14
プランタン出版　f-LAPIS編集部
「沙野風結子先生」「奈良千春先生」係
または「蜘蛛の褥 感想」係

f-LAPIS

蜘蛛《くも》の褥《しとね》

著 者　沙野風結子（さの　ふゆこ）
挿 画　奈良千春（なら　ちはる）
発 行　プランタン出版
発 売　フランス書院
東京都文京区後楽1-4-14　〒112-0004
プランタン出版HP http://www.printemps.co.jp
電話（代表）03-3818-2681（編集）03-3818-3118
振替　00180-1-66771
印 刷　誠宏印刷
製 本　小泉製本

ISBN4-8296-5449-X C0193

f-LAPIS

純情ナイト激戦区

南原 兼　イラスト／桃季さえ

雪の降りそうな土曜日、聖《セント》アーサー学園・山の上校二年の浅香律《あさかりつ》は、恋人の泊まるホテルへと向かった。恋人は一歳年上の従兄弟で、チョーお堅い元・生徒会長サマの浅香英《えい》。受験のため上京しているところを、いきなり押しかけようという計画だ。だが、律の予想に違わず英は甘い言葉をかけてくれるどころか、「早く帰れ」と冷たくて――。律&英と純《じゅん》&流一郎《りゅういちろう》。二組のカップルが織りなす、純情なBOYSリターン!!

f-LAPIS

その眼差しも、唇も

牧山とも　イラスト／竹中せい

穂積《ほづみ》は、まだ駆け出しの女性雑誌の編集。ある日企画のため、穂積は鷲《わし》尾《お》という空間デザイナーの取材許可を取るよう上司に言われる。早速鷲尾が構えるオフィスを訪ねた穂積は言葉を失くす。大企業の御曹司《おんぞうし》でもあるという鷲尾は、顔までいいのだ。結局鷲尾からの取材許可は取れず、穂積は説得のため彼のオフィスに通うことにしたのだが、口説《くど》き落として取材するつもりが、いつの間にか濃すぎるボディトークで彼に口説かれていた!